2058
제너시스

내 인생의 밥이 되는 책, **내인생의책**

2058 제너시스 (원제 : GENESIS)

버나드 베켓 **지음** | 김현우 **옮김**

초판 인쇄일 2010년 3월 20일 | **제2쇄 발행일** 2011년 6월 7일
펴낸이 조기룡 | **펴낸곳** 도서출판 내인생의책 | **등록번호** 제10-2315호
주소 서울시 마포구 합정동 433-28 2층 (우)121-887
전화 (02)335-0449, 335-0445(편집) | **팩스** (02)335-6932
E-mail bookinmylife@naver.com | **홈 카페** http://cafe.daum.net/calvin68
편집 정소연, 박지예, 김지연 | **마케팅** 김의현 | **디자인** 황경실

GENESIS
Copyright ⓒ Bernard Beckett 2006
Originally entitled GENESIS
First Published in New Zealand by Longacre Press
All rights reserved.
Korean Translation copyright ⓒ 2009 by TheBookinMyLife
This edition is published by arrangement with Quercus through Kids Mind Agency, Seoul.

이 책의 한국어판 저작권은 키즈마인드 에이전시를 통해 Quercus 와 독점 계약한 **내인생의책** 에 있습니다.
신 저작권법에 의해 한국 내에서 보호를 받는 저작물이므로 무단전재와 복제를 금합니다.

ISBN 978-89-91813-40-3 03840

＊ 책값은 뒤표지에 있습니다.
＊ 잘못된 책은 구입처에서 바꾸어 드립니다.

2058
제너시스

버나드 베켓 지음 | 김현우 옮김

내인생의책

영혼은 그 부분들의 활동보다 큰 것인가?
―더글러스 호프스태터, 『이런, 이게 바로 나야! 1』

◈ 친애하는 한국의 독자들께

저의 소설《2058 제너시스》의 한국어판에 들어갈 이 소개글을 쓰는 것은 저에겐 대단히 기쁜 일입니다. 뉴질랜드는 인구로 보나 영향력으로 보나 작은 나라이며, 지리적으로도 지구상의 그 어느 곳보다 외딴 곳에 있습니다. 지구의를 돌리다보면 어느 순간 뉴질랜드와 바다만 보일 때가 있을 정도입니다. 저는 시골에서 가장 가까운 마을과도 몇 킬로미터나 떨어진 그런 곳에서 자랐습니다. 전 세계 독자들이 읽을 소설을 쓰게 될 거라고는 한 번도 생각해본 적이 없고, 사실 지금도 그것이 믿기지 않습니다.

제가 가르쳤던 한국 학생들을 통해 한국에 대해 아주 조금 알고 있습니다. 저는 중등학교 교사로 일하고 있는데, 뉴질랜드는 영어를 말하는 환경에서 공부해보는 경험을 얻기 위해 한국 학생들이 많이 찾는 곳이지요. 그 학생들이 종종 뉴질랜드의 학교는 아주 느슨하다고 말하곤 하는데, 저는 그러한 평가가 적절하다고 생각합니다.

이 소설 속에서 제가 상상해본 나라는 아주 다른 곳입니다. 전쟁과 전염병 때문에 사람들은 극단적으로 논리적인 고립을 택하고, 그렇게 스스로를 세상과 차단한 채 자기들끼리 살아가려 합니다. 이런 배경을 바탕으로 저는 이 소설의 핵심이라고 할 수 있는, 바로 인간과 진보한 사유기계 사이의 지적 충돌을 담아보았습니다.

저는 분자진화센터에서 어떤 프로젝트를 수행하던 중에 인공지능에 관심을 가지게 되었습니다. 이 소설에 담긴 핵심적인 생각은 인간의 궁극적인 창조물, 우리가 가진 사고와 그 사고를 담고 있는 언어가 새로운 근거지를 마련하게 되면 어떻게 될까 하는 것입니다. 진화론은 우리 인간은 우리 스스로를 특별한 존재로 봐야할 이유가 없다고 말합니다. 인간이 가진 많은 자질은 비록 대단히 놀랍기는 하지만, 단지 현재 단계에서 본 진화의 나무에서는 작은 가지의 끝에 불과하다는 것입니다. 우리는 우리가 가진 관념에 의해 형성되는데, 시간이 지나면 바로 그 관념들이 배를 갈아타고, 더 효율적으로 관념을 저장할 수 있는 진보한 기계로 옮겨가는 일이 가능해질지도 모릅니다.

정말 그런 일이 벌어질지 저는 모릅니다. 아직은 그럴듯한 추측을 하기에도 정보가 많이 부족하다고 생각합니다. 하지만 공상과학소설에서는 운이 좋게도 그러한 가능성에 제약을 받지 않고 마음껏 상상해볼 수 있습니다. 이 소설을 쓰면서 저는 인간으로 산다는 것이 어떤 의미인지에 대해 좀 더 분명하게 생각해 볼 수 있었습니다. 이 책을 읽으시는 독자 분들도 비슷한 자극을 받으실 수 있다면 좋겠습니다.

한국은 인공지능분야에서 최첨단을 달리고 있는 나라라고 들었습니다. 제 소설이 읽히기에는 완벽한 배경이라고 하겠습니다. 이 책을 손에 들고 이제 막 짧은 여행을 떠나려는 여러분께 감사의 말을 전합니다.

2010년 3월 버나드 베켓

차례

- 친애하는 한국의 독자들께   5

1교시   11
첫번째 휴식시간   54

2교시   59
두번째 휴식시간   77

3교시   85
세번째 휴식시간   149

마지막 수업   153

- 옮긴이의 말   196

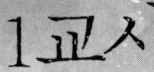

1교시

새 밀레니엄의 30년대 말부터 시작하겠습니다.

어느 시대나 그렇듯이,

당시에도 종말론자들이 적지 않았습니다.

초기 유전공학의 성과는 공동체를 공포의 도가니로 몰고 갔죠.

세계경제는 여전히 원유에 기반을 두고 있었는데,

원유가 고갈되면서 대혼란과 파국이 찾아왔다는 데에는

모두들 의견이 일치합니다.

1교시

아낙스는 긴 복도를 따라 걸었다. 머리 위에 있는 공기정화기의 부드러운 바람 소리뿐, 아무 소리도 들리지 않았다. 새로운 규제에 맞추어 조명은 어두웠다. 아낙스는 더 밝았던 때가 생각났지만, 그런 생각을 입 밖으로 배출하지는 않았다. 그건 치명적 실수다. 밝음을 과거의 어떤 특징으로 생각하는 것 말이다.

복도 끝에서 아낙스는 왼쪽으로 돌아섰다. 시각을 확인했다. 그들은 자신을 지켜볼 것이다. 소문대로라면 그랬다. 문이 조용하고 매끄럽게 열렸다, 학술원의 모든 구역이 그렇듯이.

"아낙시맨더 양?"

질문에 아낙스는 고개를 끄덕였다.

시험관은 세 명이었다. 규정에 적혀 있던 대로다. 안도감이 밀려들었다. 시험에 관한 것은 사소한 것까지 비밀이었지만, 지원자들 사이에는 말들이 많이 떠돌았다. 그럴 때면 가정교사인 페리클레스는 이런 말을 즐겨 했다. "상상은 시간과 무지가 낳은 사생아다." 그런 다음, 꼭 이 말을 덧붙였다. "그렇다고 내가 사생아에 대해 편견을 가진 건 아니야."

아낙스는 선생님이 좋았다. 실망시키고 싶지 않았다. 뒤쪽에서 문이 닫혔다.

시험관들은 높은 책상 너머에 앉아 있었다. 책상에서는 광이 났다. "너무 긴장하지 않는 게 좋아요." 가운데 앉은 시험관이 무뚝뚝하게 말했다. 세 명 중에서도 덩치가 제일 컸고, 몸피가 좋았다. 양쪽의 두 시험관은 나이 들고 파리해 보였는데, 아낙스를 향한 시선만은 날카롭고 예리했다. 아낙스는 아무것도 어림짐작하지 않으려 노력했다. 시험관 앞에는 아무것도 놓여 있지 않았다. 아낙스는 면접이 녹화되는 줄 알고 있었다.

시험관 지원자의 면접에 4시간이 할당되어 있습니다. 질의가 이해가 되지 않을 때는 다시 설명을 요청할 수 있습니다만, 그런 요청은 최종 평가에 반영됩니다. 이해하셨습니까?

아낙시맨더 네.

시험관 면접을 본격적으로 시작하기 전에 궁금한 게 있습니까?

아낙시맨더 정답이 궁금한데요.

시험관 무슨 뜻인지? 다시 한 번 말씀해 주시겠습니까?

아낙시맨더 헤헤! 농담이었어요.

시험관 음…, 그랬군요.

좋은 의도가 아니다. 시험관들은 농담을 접수할 기미가 전혀 없었다. 아낙스는 죄송하다는 말을 해야 하는 걸까, 잠깐 머뭇거렸지만 이내 그럴 기회도 지나가 버렸다.

시험관 아낙시맨더 양, 지금부터 시작입니다. 선택한 주제에 할당된 시간은 4시간입니다. 주제는 '아담 포드의 삶과 그의 시대, 2058년부터 2077년까지' 입니다. 아담 포드는 플라톤 공화국 건국 7년 후에 태어났습니다. 우선 공화국의 건국에 이르기까지 정치적 환경에 대해 소견을 피력해 주시겠습니까?

속임수일까? 아낙스는 전공 주제를 아담의 생애에만 국한한다고 분명히 밝혔다. 면접계획서는 별다른 수정 요구 없이 위원회를 통과했었다. 물론 아낙스도 다른 사람들처럼 당시의 정치적 배경에 대해 조금은 알았지만, 아낙스의 전공분야가 아니었다. 모든 학생이 다 아는 수준의 이야기뿐이었다. 시작부터 단추가 잘못 끼워진다는 느낌이 들었다. 따져야 할까? 그들도 따지기를 바라는 게 아닐까? 시험관들의 얼굴을 보며 걱정을 덜 단서를 찾았지만, 돌처럼 굳은 표정에선 아무것도 얻어낼 수 없었다.

시험관 아낙시맨더 양! 질문을 이해했습니까?
아낙시맨더 물론 이해했습니다. 죄송합니다. 저는 그냥… 그건 그다지….

아낙스는 걱정을 떨쳐버리려고 노력했다. 4시간이다. 아는 것을 보여줄 시간으로는 충분하다.

아낙시맨더 새 밀레니엄의 30년대 말부터 시작하겠습니다. 어느 시대나 그렇듯이, 당시에도 종말론자들이 적지 않았습니다. 초기 유전공학의 성과는 공동체를 공포의 도가니로 몰고 갔죠. 세계경제는 여전히 원유에 기반을 두고 있었는데, 원유가 고갈되면서 대혼란과 파국이 찾아왔다는 데에는 모두들 의견이 일치합니다.
중동이라고 불리던 지역은 정치적으로 문제가 많았고, 많은 이들이 미국은 – 일관성을 위해 당시에 쓰이던 지명을 사용하도록 하겠습니다 – 자신이 이해하지 못하는 문화권을 상대로 한, 이길 수 없는 전쟁에 발목이 잡혀 있다고 생각했습니다. 미국은 자신들의 이익이 민주주의의 성패와 일치한다고 주장했지만, 그런 주장은 편협한데가 자신들만의 외곬적인 정의였습니다. 그리고 다른 나라에서도 환영받지 못한 수출품이었습니다.

근본주의가 (동·서양) 양쪽 모두에서 일어났습니다. 2032년 사우디아라비아에서 서방측이 자행한 것이 분명한 테러가 발생했고, 그 사건으로 촉발된 전쟁은 이후 잦아들지 않았습니다. 유럽은 자신들의 공동체가 나아갈 방향에 대한 나침반을 잃어버려 비판받았습니다. 2047년에는 유럽지역에서 독립을 원하는 봉기들이 일어났는데, 이는 다년간 계속된 쇠퇴에 대한 방증으로 여겨졌습니다. 또한 중국이 국제사회의 전면에 등장하면서 펼친, 이른바 '적극적 외교'가 행성적 갈등을 불러올 것이라는 예측도 있었습니다. 급속한 경제 팽창이 지구 환경을 위협하고, 생물의 다양성은 유례없는 속도로 빠르게 줄었습니다. 가속화되던 기후변화에 맞서 보려는 마지막 시도도 2041년의 거대한 황사 때문에 무산되었습니다. 요약하자면, 당시 세계는 많은 도전에 직면해 있었고, 2050년대 말에는 두려움과 비관주의가 공공담론을 지배했습니다.

물론, 지금에 와서 되돌아보면 현명한 판단을 내리기가 쉽겠죠. 대중들이 가장 두려워했던 것은 두려움 그 자체였음을 지금은 확실하게 알 수 있으니까요. 당시 인류가 직면했던 진정한 위험은 정신의 쇠퇴였습니다.

시험관 정신을 정의해 볼까요?

시험관의 목소리는 정교하게 통제된 목소리로, 싸구려 필터를 쓰면 쉽게 얻을 수 있는 효과였다. 하지만 그 목소리는 기계장치의 생산

물이 아니었다. 그건 자기통제에 따른 결과였다.

말이 끊어질 때나, 불확실성이 깜박일 때마다 시험관들은 그것들을 일일이 확인했다. 분명, 그런 식으로 채점이 이루어졌다. 아낙스는 자신이 굼뜨고, 특별한 인상을 주지 못하는 것 같았다. 페리클레스 선생님의 마지막 충고가 귓가에 맴돌았다. '그 사람들은 네가 공격적인 질문에 얼마나 당황하는지를 볼 거야. 머뭇거리지 마. 그들이 이해할 때까지 네 생각을 또박또박 말해. 네 생각의 힘을 믿으면 돼.' 그때는 참 단순할 거로 생각했다. 근데 지금 얼굴 근육은 딱딱하게 굳고, 어떻게 자신의 말들을 찾을지, 머리가 뱅뱅 돌 것 같았다. 마치 군중 속에서 친구를 찾는 기분이었다. 공황상태에 빠진 것만 같았다.

아낙시맨더 정신이라는 건, 제 생각엔, 시대의 지배적인 분위기와 관련된 무엇이라고 할 수 있습니다. 인간의 정신은 미래의 불확실성을 호기심과 낙관적인 태도로 맞설 수 있는 능력이죠. 문제를 해결할 수 있고, 차이를 해소할 수 있다는 믿음입니다. 일종의 확신입니다. 하지만 정신은 부서지기 쉽습니다. 두려움과 미신에 오염되기 쉽죠. 2050년경, 충돌이 시작되었을 때, 세계는 두려움과 미신으로 가득 찬 시기였습니다.

시험관 당시 어떤 미신들이 있었는지 좀 더 구체적으로 이야기해 봅시다.

아낙시맨더 미신이란 세계를 단순한 인과관계로 파악하고 싶어 하는 마음입니다. 말씀드렸듯이, 종교적 근본주의가 일어났지만, 그건 제가 말씀드린 미신과 같은 유는 아닙니다. 당시 세상을 휩쓸던 미신은 단순한 이유에 대한 믿음이었습니다.

평범한 사건이라 해도, 거기에는 수많은 가능성이 열려 있습니다. 하지만 인간의 마음은 그런 복잡다단함을 반기지 않죠. 문제가 있는 시기에, 유일신에 대한 신앙이 무너지면, 그 자리를 열광적인 음모론이 차지하게 되는데요. 당시에도 그랬습니다. 불행을 우연한 결과로 여기지 못했습니다. 하느님의 더 큰 계획 속에서 자신들의 한없는 나약함을 받아들이지 못했고, 사람들은 자신의 머릿속에서 더 큰 괴물만을 찾았던 거죠.

언론에서 공포를 팔수록, 사람들은 점점 더 서로를 믿지 못했습니다. 새로운 병폐가 일어날 때마다, 언론은 설명을 창조해냈고, 그 해설엔 언제나 특정한 이름과 얼굴이 덧씌워졌죠. 나중에는 사람들은 가장 가까운 이웃조차 두려워하게 되었습니다. 개인적인 차원에서는 물론, 공동체나 국가적인 차원에서도 타인들의 나쁜 음모를 찾으려고 기를 썼습니다. 사람들이 어디를 보든, 그런 나쁜 음모가 눈에 보였습니다. 모두들 온통 그것만 보려고 했으니까요.

그것이 당시 사람들이 직면했던 진짜 문제였습니다. 타인을 신뢰할 수 있는가 하는 문제요. 사람들은 이 문제에 당당히 맞서지 못했습니다. 이것이, 앞에서 사람들의 정신이 쇠퇴했다고 했을 때 말하고 싶었던 것입니다.

시험관 설명을 잘 해줘서 고맙다는 말씀을 드리고 싶군요. 자! 이제 다시 본론으로 돌아가서, 공화국의 건국과정을 봅시다.

페리클레스 선생님이 예상했던 것처럼, 아낙스는 머릿속에서 울리는 자신의 목소리에 기분이 들떴다. 그 목소리는 아낙스를 아주 특별한 지원자로 만들어주었다. 생각은 말을 따른다. 선생님도 그렇게 말했다. '모든 사람은 다 다르거든. 네 개성은 너의 장점이 될 거야.' 비록 그 이야기는 낡고 오래되고 검증된 이야기였지만, 아낙스는 그 이야기를 새로운 단어로 포장했고, 그러는 순간순간 아낙스의 확신도 점차 커졌다.

아낙시맨더 마지막 전쟁의 맨 처음 총성도 오해가 방아쇠를 당긴 셈

---

1) 대기권황산살포 프로젝트   노벨화학상 수상자이자 기상학자인 독일 막스플랑크연구소 폴 크루첸 박사는 2006년 8월 '기후 변화(Climate Change)'라는 잡지에 기고한 논문을 통해 성층권에 막대한 양의 이산화황(아황산가스)을 살포한다면 태양광선을 반사시켜 황산염층을 형성할 수 있다고 주장했다. 지구에 도달하는 태양광선의 일부를 인위적으로 반사시켜 지구온난화를 억제하자는 것이다. 이런 주장은 1991년 필리핀의 피나투보(Pinatubo) 화산이 폭발했을 때 대기권에 분출된 황산이 전 세계의 기온을 2년 동안 0.6도 떨어뜨렸다는 사실에서 실효성이 입증되었다. 하지만 미 국립대기연구센터(NCAR)의 한 연구팀은 지난해 8월 '지구물리 연구통신(Geophysical Research Letters)'에 발표한 논문을 통해 "이런 방식이 실행될 경우 강우량을 대폭 감소시켜 지구의 물 순환이 교란되는 것으로 분석됐다."고 주장했다. 크루첸 박사는 "(인공화산 효과로) 지구의 기온 상승을 방지할 수만 있다면 어느 정도의 오존층 손실은 용인될 수 있다."고 했다. 상대적으로 작은 위험(=오존층 손실)을 감수해 더 큰 위험(=지구온난화와 기후변화)을 예방하자는 것이다.

입니다. 2050년 8월 7일의 일입니다. 일본 – 중국 동맹은 대기권황산살포 프로젝트[1]를 점검하기 위한 활동을 합동작전으로 전개하기 위해 18개월째 교섭을 했는데, 그 협력을 통해 대기 속의 탄소가 열을 잡아두는 효과를 약화시킬 수 있다고 믿었던 거죠. 연합체의 구성 작업의 진행이 느렸던 것은, 앞에서 말씀드린 불신 때문이었습니다. 미국은 두 나라의 그런 동맹을 세계질서를 새롭게 세우려는 더 큰 음모의 일환으로 보고 방해를 했고, 이에 중국은 미국이 중국경제를 무너뜨리려 일부러 기후변화를 가속화 시킨다고 믿었죠. 예상된 행위였지만, 중국은 비밀리에 계획에 착수했습니다.

미국 태평양 영공에서 항공기 한 대가 격추되면서 법적 공방이 시작됩니다. 모두 알고 계시겠지만, 미국은 그 비행기가 적대적 행위를 목적으로 한 무장 항공기였다는 공식 입장을 끝까지 굽히지 않았습니다.

시험관 우리 시험관들은 아무것도 모른다고 여기고 말하는 게 좋겠죠?

아낙스는 무례한 느낌을 줘서 죄송하다는 뜻으로 살짝 고개를 숙였다. 창피함으로 얼굴이 붉게 달아올랐다. 이야기를 다시 시작하라는 신호를 잠시 기다렸지만, 모두들 말이 없었다. 다른 상황이었다면 그들의 무례함에 항의를 했을 것이다.

아낙시맨더 플라톤의 힘은 전 지구적 경제사업에서 나왔습니다. 수소 기술로 부의 첫 토대를 마련했죠. 현명하게도 다음에는 바이오 정화 산업에 투자했죠. 그런 부와 인맥 덕분에, 플라톤은 다른 사람들에 비해 초강대국 간에 고조되어가던 갈등의 결과를 더 잘 예측할 수 있는 자리를 선점할 수 있었던 것 같습니다. 그리고 늘 신중하게 행동했습니다. 당시에 아오테아로아라는 이름으로 알려졌던 지구의 최 밑단 군도에 자신의 전 재산을 옮겨 놓았습니다. 대전쟁이 발발했을 때에는, 플라톤과 플라톤의 동료는 섬 전체 경제의 70%를 장악하였으며, 높은 기술력 덕분에 섬의 생활여건을 자급자족이 가능한 상태로 만들 수 있었습니다. 국제 정세가 악화될 대로 악화되자, 플라톤은 제2의 조국에 좀 더 효과적인 방어 시스템을 구축할 필요성이 있다고 국민들을 설득하는 데에 별다른 어려움을 느낄 수 없었습니다. 그것이 21세기 토목기술의 가장 멋진 성취로 찬양되는 공화국의 해양방벽입니다. 해양방벽은 마지막 전쟁이 11개월째 접어들었던 2051년에 완공되었죠.

첫 번째 역병이 전 세계를 휩쓸 무렵인 2052년 말에, 이미 공화국은 세계로부터 문을 걸어 잠그는 데 성공할 수 있었습니다. 그 후 플라톤은 아오테아로아의 구세주로 추앙을 받습니다. 외부에서 들려오는 소식이 점차 끊어지면서, 인류의 구세주로까지 칭송받았습니다. 2053년 6월을 마지막으로 섬 외부에서 송출하는 방송이 더는 수신되지 않았고, 이제 사람들은 공화국만이 이 행성에서 사람이 살 수 있는 마지막 땅이라고 굳게 믿게 되었습니다.

물론 피란민들이 몰려오리라는 것을 예상할 수 있었고, 또 실제로 찾아왔지만, 거부당했습니다. 공화국에 접근하는 항공기는 아무런 사전 교신 없이 격추하였습니다. 공화국 초기에는, 절벽 위에 사람들이 모여 먼 수평선 근처에서 어뢰에 부딪혀 폭발하는 유령선들을 구경하는 일이 잦았습니다. 시간이 흐르면서 폭발의 횟수도 줄어들었고, 항공기를 격추하는 레이저 건을 쏘는 일도 많이 없어졌습니다. 이제 사람들은 플라톤에게 국민들을 이끌어 달라고, 더 좋은 시대를 만들어 달라고 의지하게 됩니다.

시험관 좋은 요약이었습니다. 아낙시맨더 양! 이제 지원자의 고유 주제인 아담 포드가 태어난 시기에 이르렀군요. 결코 범상하지 않았던 아담의 삶을 이야기하기 전에, 플라톤이 건설한 공화국의 특징에 대해 자신의 견해를 좀 더 피력하고 넘어갔으면 합니다.

아낙시맨더 역사학자들은 공화국이 당시 강령이었던 '과거로 전진하자.' 라는 말로 가장 잘 요약된다고 합니다. 플라톤은 – 혹은 '플라톤의 조언자들은' 이라고 해야 할지도 모르겠습니다 – 지금에 와서는 헬레나가 공화국의 사회체제를 완성한 핵심인물로 여겨지니까요. 어쨌든 그 사람들은 신보수주의를 설파했습니다. 플라톤은 세상에 종말이 온 것은 사람들이 자연적 본성에서 벗어났기 때문이라고 보았습니다. 변화를 무비판적으로 수용하면서 가장 기본적인 과학법칙, 즉 '변화는 파멸을 의미한다.' 라는 법칙을 망각했다는 것이지요.

플라톤은 공화국 주민들에게 안정과 질서에 바탕을 둔 사회를 창조하는 것만이 위대한 인류문명의 영광을 되찾을 수 있는 유일무이한 방안이라고 역설했습니다.

플라톤은 다음 다섯 가지를 소위, 공안을 해치는 큰 위협이라고 규정지었습니다. 불순한 양육, 불순한 사고, 개인의 방종, 교역 그리고 국외자입니다. 플라톤의 해결책은 급진적이었지만, 당시 사람들은 공포에 질린 상태였기 때문에 플라톤의 비전에 따를 수밖에 없었습니다. 플라톤은 "공화국이 여러분을 구했으니, 이제 여러분이 공화국을 위해 수고를 아끼지 말아야 합니다."라고 말했습니다.

주민들은 게놈 해독을 거친 뒤, 노동자, 군인, 기술자, 철학자 이렇게 네 계급으로 분류되었습니다. 아이들은 태어나자마자 부모와 떨어져 양육되었고, 성장과 관련된 정보는 외부에 제공되지 않았습니다. 생후 1년이 되면, 모든 아이가 검사를 거쳐야 했고, 결과에 따라 특정 계급에 배치되거나 '제거' 되었습니다.

모든 아이들은 신체적이나 정신적으로 엄격한 교육을 받았습니다. 수학과 유전학은 레슬링, 체조와 함께 필수과목이었습니다. 여름 동안 아이들은 벌거벗은 채 지냈는데, 그런 조치가 개인의 개성에 대한 욕망을 줄여준다고 생각했기 때문입니다.

뛰어난 운동선수는 게놈 정보에 상관없이 노동자 계급에서 군인 계급으로 신분 상승이 가능했습니다. 이와 비슷하게 사고력이 뛰어난 사람도 기술자 계급으로 올라갈 기회가 더러 있었지만, 그 이상은 불허했습니다. 철학자 계급은 선택받은, 머리에 성유를 받은 극소수에게만 허락되었습니다.

남자와 여자는 서로 격리된 채 살았는데, 작업장 단위로 사람들은 같이 먹고 같이 자는 공동생활을 했습니다. 연애는 허락되었지만, 결혼은 유전자변이담당부서의 허가증명서를 받아야 했습니다. 하지만 결혼 뒤에도 두 사람은 자신이 속했던 집단에서 각자 지내야 하고, 공유시간수당을 따로 벌어야 했습니다.

이 정도면 초기 공화국 사회에 대한 요약은 끝이 났다고 생각합니다.

아낙스는 시험관들이 반응을 쉽사리 노출하지 않을 것 같았지만, 고개를 들어 그들을 보지 않을 수 없었다. 마치 학교에 처음 입학한 아이가 선생님을 바라보는 처지와 비슷했다. 잘하라는 격려는 고사하고, 말길을 알아들었다는 시늉은 해줘야 할 것 같은데…. 그러나 여기는 학교가 아니었다. 학술원이었다.

시험관 지도교사가 누구였죠? 아낙시맨더 양!

아낙시맨더 페리클레스 선생님입니다. 하지만 학교에서 연구하고, 개인적으로도 조사를 많이 했습니다. 또한….

시험관 페리클레스라!

시험관은 마치 그 이름에 무슨 특별한 힘이라도 있는 것처럼 발음했다. 아낙스는 그게 좋은 징조인지 불길한 징조인지 알 수 없었다. 아낙스는 다음 질문을 기다릴 수밖에 없었다. 다음 질문이 자신이 가장 자신하는 부분, 아담 포드의 주목받았던 삶과 그 시대 이야기이기를 바라며.

시험관 지원자는 플라톤 님께서 목적을 달성하는 데 성공했다고 봅니까?

아낙시맨더 그건 플라톤의 목적을 무엇으로 보느냐에 따라 달라질 것 같습니다. 플라톤이 추구했던 것이 개인적인 권력과 지위였다면 — 이 부분도 상당 부분 동기가 되었다고 보는데요 — 어쨌든 생존한 동안 상당한 영향력을 행사한 것은 사실입니다. 하지만 플라톤이 이상적인 국가 건설에, 즉 사회나 개인이 잠재력을 발휘하는 데에 가장 적합한 국가를 만드는 데에 성공했느냐고 묻는 거라면 판단을 유보하고 싶습니다. 만약 아담 포드가 태어나지 않았더라면 역사가들이 플라톤을 평가하기가 훨씬 쉬웠겠죠.

그 이름을 말하는 것만으로도 아낙스는 긴장이 풀렸다. 3년이라는 긴 시간 동안, 아담이라는 이름은 아낙스의 머릿속에서 떠나본 적이 없었다. 아낙스가 태어나기 훨씬 전에 죽은 사람이지만, 누구보다도 아담을 잘 알 것 같았다. 아낙스는 수많은 글을 연구하고, 수많은 자료를 다운로드했고, 무엇보다도 아낙스는 페리클레스가 '그 사람에 대한 느낌'이라고 지칭하는 것을 가졌을 정도였으니까. 지금 시험관들에게 좋은 인상을 주지 못하면, 아낙스는 어떤 점수도 획득할 수 없을 것이다. 아낙스는 초조해 하지 않으려고 애썼다. 페리클레스 선생님에게도 차분하게 면접을 치루겠다고 약속했었다.

시험관 그렇지, 아담!

아낙스는 그 이름을 조금도 머뭇거림 없이, 그렇게 함부로 부르는 사람을 만나보지 못했다. 새로운 사상가들이 아담을 재평가하면서 아담은 평가절하 되었다. '불을 지핀 성냥이라고 해서 특별할 것은 없다. 불을 지피는 게 성냥이니까.'라는 게 그들의 지론이었다. 하지만 그런 그들도 아담의 이름을 언급할 때는 무의식적으로 한 호흡 쉬곤 했다.

시험관 아낙시맨더 양! 우선 아담의 배경에 대해 좀 들어봐야겠습니다. 부모는 누구였고, 어떻게 자랐습니까? 야간경계근무를 서던 날 밤에 있었던 일은 누구나 압니다. 어떤 학생이든 같은 단어로 똑같이 말하니까. 하지만 아담의 삶이 그날 밤에 시작된 건 아닙니다. 아담이 그날 밤에 이르기까지의 과정을 지원자 시각으로 먼저 이야기하는 게 좋겠습니다.

아낙시맨더 아담은 2058년에 태어났습니다. 첫해에는 타나 양육원에서 길러졌죠. 전설에는 아담의 어머니는 아들에게 증표를 남긴 다음, 직접 양육원에 들어가 자라는 모습을 지켜봤다고 하는데요. 그건 허구에 불과합니다. 결과가 있으면 반드시 원인이 있다는 인과율의 신화[2]라고 할 수 있죠. 아담이 그런 사람이 된 이유가 무엇인지, 반드시 이유가 있다고 여기는 사람들에게 '모든 게 이유가 있으므로, 결국 아무 이유가 없다.' 라는 대답은 쉽게 수긍할 수 없을 테니까요.

우리가 지금 말할 수 있는 진실은 아담이 철학자 계급으로 태어났다는 것뿐입니다. 태어난 첫해 말에 생리적 검사와 게놈 해독을 거쳤죠. 학습능력은 검증되었지만, 아담의 파일에는 경고 딱지가 붙었습니다. 최소한 유전자 표지 중 두 개가 행동의 예측불가능성을 암시했습니다. 전기작가 클라크의 비망록을 따르면, '제거'가 권장되었어야 했다고 합니다. 보통의 경우라면 두 달 뒤에 재검사를 받아야 했죠. 하지만 2059년은 두 번째 대역병의 공포가 휩쓴 때였습니다. 클라크가 사망하자, 클라크의 소지품들이 모두 예방 차원에서 파기되었고, 재검사 명령도 함께 폐기됩니다. 나중에 실수가 발견되었지만, 그때 이미 아담은 1차 언어능력 테스트를 통과한 뒤였기 때문에, 제거는 고려사항이 될 수 없었습니다. 파일을 둘러싼 혼동 속에

---

2) **인과율의 신화** 이 말은 모든 일은 원인에서 발생한 결과이며, 원인이 없이는 아무것도 생기지 못한다는 인과율의 법칙을 맹신하는 것을 비꼬는 말이다. 맨 첫 원인도 원인이 있어야 한다는 데에서 인과율의 허구가 발견된다.

서 경고 표지도 묵살되었고, 그러한 정보는 학교 당국에도 전달되지 않았습니다.

시험관 그래서 아담은 곧장 철학자 코스에 합류했습니까?

아낙시맨더 네. 기록에 따르면 장학생으로서 두각을 드러냈는데, 특히 수학과 논리학을 잘했다고 합니다. 또한 레슬링 실력도 탁월해서 열다섯 살 때 도시대표로 연말 토너먼트에 출전했다고 합니다. 그런 점에서 이미 훗날 담대한 일을 벌이게 되는 그만의 자질을 보여줬다고 할 수 있죠.

레슬링 대회에서 아담은 레베카라는 여학생 레슬링 선수를 만납니다. 아담은 그 여학생을 여자 친구로 만들어야겠다고 마음먹죠. 두 사람은 같은 도시에 살지 않았고, 심지어 같은 섬에도 살지 않았지만, 그런 공간적인 제약도 아담을 막아서지는 못했습니다. 대회 마지막 날, 아담은 레베카 팀의 짐 속에 숨습니다. 그렇게 자신의 주거 구역에서 남쪽으로 700킬로미터나 떨어진 곳으로 가는 데에 성공합니다. 레베카의 도움으로 사흘 동안은 발각되지 않았지만, 레베카 공동체의 건조식품 창고에 숨어 있다가 요리사에게 발각되고 맙니다.

아담은 요주의 표지를 단 채 집으로 돌아오는데, 사람들은 그 사건이 아담의 행동 특징들을 여실히 보여주었다고 합니다. 경쟁을 좋아하고 충동적이며, 주위의 시선에 아랑곳하지 않고, 여성에 쉽게 끌리는 아담의 특징을 말입니다. 보통은 그런 위반을 저지른 학생은 자동으로 노동계급이 되지만, 담당 선생님이 아담의 잠재력을 높이

평가해 특별히 선처를 부탁했습니다. 아담은 특별 처분을 받아 공화국 수비대의 사관학교로 보내지죠. 어쩌면 바로 그 작은 결정의 결과로, 역사가 바뀌었다고도 할 수 있을 것 같습니다.
시험관 단순한 인과율을 믿는다면 그렇겠죠?

다시 한 번, 아낙스는 자신의 작은 실수에 얼굴이 발갛게 달아올랐다. 소문엔 면접에서 그런 실수를 두 번 이상 한 사람이 없다고 했다. 소문은 그것 말고도 많았다. 하지만 그런 걸 염려할 때가 아니었다. 이야기를 이어가야 했다. 페리클레스 선생님도 이런 상황이 벌어질 거라고 경고했었다. 아낙스는 다시 한 번 혀끝을 조심해야겠다고 마음먹었다.

아낙시맨더 물론 아니겠지요. 죄송합니다!

아무도 사과를 받아주지 않았다. 아낙스는 어떤 행동을 보이면 시험관들의 반응을 볼 수 있는지가 궁금했다. 이들은 집에서도 이런 식일까?

시험관 아담이 체포될 때의 상황을 이야기해주시죠.
아낙시맨더 당시 아담은 열아홉 살이었습니다. 2075년이었죠. 아담은 사관학교를 우수한 성적으로 졸업했는데요. 학교에 다니는 동안 육체적 활동에 대한 애정이 각별했습니다.

체포될 상황을 이야기해달라고 하셨기 때문에, 꼭 지적을 하고 넘어갈 부분이 있는데, 아담은 사관학교 재학 중에 네 번의 요주의 조치를 더 받았습니다. 그런 이유로 북쪽 섬 남쪽 해안의 망루가 최초 부임지가 되는데요. 그 지역은 유령선의 출몰이 보고된 적이 거의 없던 곳입니다. 그만큼 난민들이 상륙을 시도할 가능성이 희박한 것으로 추측되었습니다.

진짜 뜨거운 감자는 북쪽 해안으로, 새로운 형태의 비행체가 세 번이나 침입했다는 미확인 정보가 있는 곳입니다. 소형 비행선 같은 비행체가 해질녘이면 수평선 근처에 나타난다는 경계병들의 보고가 있었고, 공화국에서 언론을 통제했지만, 소문은 빠른 속도로 퍼져나갔습니다. 대비책으로 정예병들은 모두 북쪽지역으로 이동 배치되고, 레이저 건과 요격기의 훈련도 강화되었습니다. 그러는 사이 아담처럼 사관학교를 갓 졸업한, 손상된 이력을 가진 군인들은 남부 해안을 따라 듬성듬성 자리 잡은 외딴 초소에 배치되었습니다.

아담은 정확히 7개월 동안은 아무 사고 없이 복무했습니다. 재판정에서 아담은 당시 생활이 지루했다고 했는데, 그 말에 과장은 없었던 것 같습니다.

경계병들은 조를 이루어 근무했습니다. 그들의 일거수일투족은 철저히 규정에 따라야 했고, 모니터 되었습니다. 각 망루의 꼭대기에는 철제 프레임으로 된 관측박스가 설치되어 있고, 전기 펜스가 칭

칭 감싸고 있는데, 망루의 통로는 탑 옆에 붙은 사다리가 유일했습니다.

관측박스가 작았지만, 망루는 경계병 두 명이 몸을 돌리기에도 빠듯할 정도로 좁았습니다. 임무는 간단했는데요. 바다에 빈틈없이 빼곡히 늘어선 해양방벽을 감시하는 것입니다. 그 해양방벽은 썰물 때를 기준으로 50미터 떨어진 곳에 늘어서 있었습니다. 그들은 주야로 쇠 그물 같은 그 해양방벽의 경계근무를 섰습니다. 방벽의 높이는 해발 30미터나 되었습니다. 방벽 맨 위에는 레이저 철조망이 처져 있고, 방벽 앞에는 어뢰가 떠 있었습니다. 외부 세계에서 사람이나 선박이 접근하는 경우, 경계병들의 의무는 명명백백했습니다.

상당한 크기의 선박들은 대부분 위성의 통제를 받는 어뢰가 바깥 방벽에서 처리하는데, 용케 침범한 배가 있다면 경계병들이 신호를 울립니다. 그러면 5분 안에 레이저로 무장한 헬리콥터가 출동하고, 그 배에 실려 왔을지도 모르는 바이러스를 깨끗하게 박멸시키는 거죠.

좀 더 작은 배의 경우 - 종종 작은 배들이 조류에 밀려 방벽까지 떠내려 오는 경우가 있었습니다. 그런 배에는 대개 피골이 상접한 두세 명이 타고 있는데요, 그때 경계병 더 급박하게 움직여야 했습니다. 상황보고를 한 다음, 그들 중 한 명은 망루에서 내려와 레이저 발사대로 향합니다. 거기서, 매일 아침 경계병에 의해 비밀번호가 바뀌는 소형 레이저 화기를 가지고 물체를 제거해야 합니다.

망루에 남은 경계병은 발사대로 간 동료 경계병의 뒤통수에 총을 조준하고 있어야 합니다. 대단히 가혹한 복무규정이죠. 발사대에 간 경계병이 임무를 수행하지 않고 머뭇거리는 경우, 망루의 경계병은 아무런 지시나 확인 없이 즉각 방아쇠를 당겨야 합니다. 경계병들 사이에는 그런 처형이 동료 간의 사적 갈등을 해결하는 확실한 방법으로 오용된다는 정보가 있습니다. 그래서 군 복무 시 동료 경계병끼리 사소한 다툼을 벌이는 건 바보 같은 짓이라는 말이 있습니다.

시험관 아담과 동료 경계병의 사이는 어땠습니까?

아낙시맨더 경계병들 사이의 대화는 전부 녹음되었는데요. 그 덕분에 우리는 아담과 동료 경계병 조지프의 관계를 생생하게 확인할 수 있습니다. 조금 덧붙이자면, 경계병들은 경계 근무를 서는 동안 주의력을 잃지 않기 위해 컴퓨터로 전달되는 다양한 질문들에 답을 해야 했습니다. 예를 들어, 눈앞에 펼쳐진 광경과 컴퓨터 화면 사이의 차이점을 바로잡는다든지, 컴퓨터가 생성한 정교한 즉석어구나 지시문을 외우거나 반복 제창하는 일 따위였습니다. 허락을 하신다면, 최초의 사건이 발생하기 하루 전 녹음되었던 조지프와 아담의 대화를 재생하고 싶습니다.

시험관 대답에 도움이 된다고 생각한다면 들어봅시다.

아낙스는 잠시 멈췄다. 이런 반복은 단순한 기교일 뿐이고, 여러 시험 대비서에서도 괜한 시간 낭비일 뿐이라고 했지만, 페리클레스 선생님은 좋은 생각이라고 했다. "시험관들이 끄라고 하면 어떡하죠?"

"조바심을 내지 않는 게 최선이야." 아낙스는 페리클레스의 조언을 받아들이기로 했다. 선생님에게 자랑스러운 제자가 되고 싶었다.

아낙시맨더 본 대화는 18시 40분, 여덟 시간 근무 중 두 시간이 지났을 때의 상황입니다.

◈ ◈ ◈ ◈ ◈

조지프 뭐 보이는 거 있어?

아담 예.

조지프 뭐라고?

아담 (목소리를 높이며) 배가 한 척 보입니다. 산보다 더 큰 배가 방벽으로 진군해 오는데요. 지금, 수면 위로 막 떠올랐습니다. 이런, 세상에! 비행도 가능하나 봅니다. 우리도 날 수 있는 배가 있어야 하는데, 아뿔싸! 대포도 장착되어 있습니다. 오, 이런! 우리 머리통을 정확하게 조준했어요. 세상에, 우린 이제 끝장났습니다.

조지프 또 뻥이야? 우리 말 다 녹음되는 거 알지?

아담 아무도 안 듣는 것 같은데요, 뭐.

조지프 그걸 어떻게 알아?

아담 생각해 봐요. 내 말을 다 들었다면 우린 벌써 감방에 갔겠죠?

조지프 자넨, 정말 잔머리 대마왕이야.

아담 그건 잔머리가 아니라…, 명석한 거죠.

조지프 자, 노란색 확인하고, 다음엔 오렌지색이야.

아담 알았어요. 대기 중.

조지프 지금 해야 돼. 외우기 더 복잡해지기 전에.

아담 오렌지 다음엔 파란색, 그리고 녹색, 지금은, 잠깐만요, 오렌지색 두 번. 누를게요.

조지프 (짜증 섞인 목소리로) 어서 눌러.

아담 선배님이 눌러주면 안 될까요?

조지프 안 돼. 자네 버튼이잖아.

아담 누가 알아요?

조지프 내가 알잖아.

아담 그냥 눌러요.

조지프 나는 기억 안 나! (경고음이 들린다) 10초 남았다는 경고야! 아담, 이건 공평하지 못해. 우리 둘 다 처벌을 받을 거야. 나까지 처벌 받잖아.

아담 처벌 안 받을 테니 걱정마세요.

조지프 어서 눌러.

아담 알았어, 알았어요. (천천히, 놀리는 투로) 지금 누를게요. 노랑, 오렌지, 파랑, 녹색, 오렌지, 오렌지, 녹색, 노랑, 다음은 빨강이었나? 녹색이었던가? 뭐죠?

조지프 쏴 버릴 거야. 농담 아냐.

아담 빨강. (경고음이 멈춘다) 봐요! 걱정 붙들어 매라니까요.

조지프 넌 왜 늘 이런 식이야?

아담 심심하잖아요. 이렇게 하면 그나마 긴장이 좀 되니까. (긴 침묵이 흐른다. 컴퓨터 자판 두드리는 소리가 들린다)

조지프 정말 방벽 바깥엔 이제 아무것도 없는 걸까?

아담 얼마나 복무했죠?

조지프 방위대 시계는 거꾸로 매달아도 간다는데… 5년.

아담 그동안 몇 척이나 침몰시켰어요?

조지프 셋 아니면 넷. 모두 다 그냥 난파선이었어. 그러니까 내 말은, 자네도 눈치 깠겠지만….

아담 최근에 새로운 비행선이 출몰했다면서요, 북쪽에.

조지프 내 생각엔 그냥 지어낸 이야기 같던데.

아담 세상 일이 다 지어낸 구라죠, 뭐.

조지프 곰곰이 생각해보면 말이야, 전염병이 지나간 지 얼마나 됐지? 이제 살아남은 사람들은 면역이 생겼다고 봐야 하지 않겠어? 그 사람들이 다시 세상을 세우고 있는지도 모르지. 내 생각이 일리가 있지 않아?

아담 아니면 다들 골골 앓고 있을 수도 있으니… 시간이 꽤 걸리는 수도 있죠.

조지프 내가 마지막으로 목격했던 사람들은 그렇게 아파 보이지 않앉어.

아담 우리 대화가 다 찍히는 거, 안 잊고 계시죠?

조지프 (걱정된다는 듯이) 안 듣는 것 같다고 그랬잖아?

아담 특별한 일이 생기지 않는 이상 그렇다는 거죠.

조지프 어떤 일?

아담 제가 미쳐서 선배를 쏜다든가 뭐 그런….

조지프 그럼, 내가 죽으면 어차피 나랑 상관없겠네. 듣든가 말든가.

아담 그러니 염려 붙들어 매도 된다니까요.

조지프 바깥에서 사람들이 다시 세상을 세우는 걸까? 자네는 어떨 것 같아?

아담 우리가 저격해야 할 사람들이 단 한 번도 공화국에 반격을 시도하지 않았다는 게 이상하지 않아요? 제 생각엔 전쟁과 대역병 때문에 지난 천 년 동안 이룬 인류의 진보가 삽시에 물거품이 된 것 같아요. 북쪽에서 봤다는 비행선도 커다란 열기구 정도일 겁니다. 지금 바깥사람들이 할 수 있는 수준이란 게 그 정도겠죠.

조지프 지금 내가 무슨 생각 하는지 알아?

아담 네?

조지프 콜라!

아담 저는 그게 그렇게 먹고 싶지 않는데요.

조지프 못 먹어봐서 그래. 일단 한 번 먹어 봐. 기념식 같은 데서 말이야. 꼭 한 방울이라도 맛을 보라고.

아담 그건 그냥 음료수잖아요.

조지프 자네도 알겠지만, 콜라 제조법도 사라질 뻔했지. 마지막 순간에, 바깥세상과의 고리가 완전히 끊어지기 전, 누군가는 바깥세상과 계속 줄이 닿을 것이라고 생각했지. 몇 시간 전에 가까스로 챙긴 거야. 다들 막연히 자기는 아니더라도 누군가는 제조법을 알 거로 생각했던 거지.

아담 너무 순진하신 거 아니에요? 그냥 음료수 하나 가지고.

조지프 그냥 음료수가 아니야… 자네는 지금 뭐가 있으면 좋겠어?

아담 여자 친구요.

조지프 아가씨?

아담 바로 여기에, 지금이요. 형수님은 얼마나 자주 만나시죠?

조지프 그런 이야긴 하면 안 되는 거 알잖아.

아담 하면 안 되는 일은 그것 말고도 많죠, 선배. 그거 아세요? 아마 제가 선배보다 여자 친구가 더 많을걸요. 결혼도 안 했는데 말이에요.

조지프 그래, 너 잘났다!

아담 여태까지 그걸 몰랐다니 섭섭해요, 선배. 하하!

아낙스가 준비한 녹음 부분은 거기까지였다.

시험관 방금 들은 부분을 통해 뭘 말하고 싶은 거죠?

아낙시맨더 아담의 성격에 대해 알 수 있습니다.

시험관 존경할만한 성격이라고 보는 건가요?

아낙시맨더 중요한 정보입니다.

시험관 그저 한가한 잡담에 불과한 게 아닐까요? 지루해 하는 두 남자가 나눈 시간 죽이기 잡담?

아낙시맨더 아담의 개성이 드러났습니다.

시험관 설명해 보죠.

아낙시맨더 아담은 말단 경계병입니다. 조지프는 그보다 5년이나 선배고 경험도 훨씬 많죠. 하지만, 대화를 유심히 들어보면, 마치 아담이 선배인 것처럼 들립니다. 아담은 제 생각엔, 어떤 상황에서든 주도권을 잡는 사람입니다. 이 점이 매우 중요합니다. 이것이 문제가 되기도 했고요.

시험관 다음에 무슨 일이 있었는지 말해 주시죠.

아낙시맨더 다음은 배를 발견한 날의 대화입니다. 기록에 따르면, 조지프와 아담은 15시 30분부터 근무에 들어갔습니다. 날씨는 맑고 포근했으며, 바다도 잠잠했습니다. 두 사람이 근무한 망루는 깎아지른 절벽 위에 있었는데요, 해협 너머로 남섬까지 보이는 위치였죠. 두 사람이 지키는 지역은 10해리 정도였고, 그렇게 맑은 날에는 다른 보조장치 없이, 육안으로도 북쪽의 다른 초소까지 볼 수 있었습니다. 근무일지를 보면, 맨 처음 배를 목격한 사람은 아담이었는데, 조지프가 경계근무를 서고 아담은 장비를 점검했다고 되어 있습니다.

❖ ❖ ❖ ❖ ❖

아담　저기. 잠깐만요.

조지프　지금 근무 시간이야. 뭘 본 거야?

아담　선배, 시력 괜찮죠? 안 보이세요?

조지프　보이긴 뭐가?

아담　파견되기 전에 시력 검사 받았죠? 늙으니 이제 눈까지 노환이 온 거예요?

조지프　내 시력엔 아무 문제없어.

아담　그럼, 뇌가 이상한가….

조지프　어, 이제 보인다. (목소리를 높이며) 보여!

아담　알았어요. 진정하세요.

조지프　경보 울려.

아담　쬐끔한 배인데요….

조지프　어떻게 됐어?

아담　화면 한 번 확인해 보세요. 초짜처럼 왜 그래요?

조지프　내 총에 실탄이 장착된 건 알지?

아담　동료 군인을 협박하는 것도 군법위반에 해당하는 거 모르지는 않죠?

조지프　그 정도는 눈감아 줄 거야.

아담　네, 정말 작은 배에요. 두세 명보다는 많이 탔으면 좋겠는데.

선배가 실탄을 저한테 쓸 일이 없어야 할 텐데.

조지프 오늘은 자네 차례야. 근무표 한 번 확인해 봐.

아담 그럼, 더 좋죠.

두 사람은 감시화면과 전방 바다를 번갈아 보았습니다. 화면 속의 이미지가 또렷해졌는데, 스캐너가 감지한 대로 작은 보트였습니다. 그때 최남단 초소에서 연락이 옵니다.

초소 그쪽에서도 확인했습니까?

조지프 네! 루스, 우리가 맡겠습니다.

초소 네! 그럼 진행해 주십시오.

아담 한 척뿐인데요.

조지프 방심하면 안 돼. 다른 배들이 숨어 있을지도 모르니까.

아담 숨어서 접근하는 배들이 있었다는 정보는 여태껏 없었던 걸로 아는데요?

조지프 그럴 수도 있다는 거지, 내 말은. 장전했지? 자, 출발해. 뒤는 내가 지원할게.

아담 잠깐만요.

조지프 안 가면 안 돼!

아담 그냥 내가 처리해야 할 배를 좀 더 보고 싶은 것뿐이에요.

조지프 이상한 점이 눈에 띄면 즉시 알려줄게.

아담 잠깐이면 돼요.

아담은 움직이지 않고 화면을 주시했습니다. 군 복무규정 위반이었죠. 저격병은 희생자의 정체가 밝혀지기 전에 초소를 떠나야 합니다. 통상 저격병이 자신이 처리해야 할 대상을 육안으로 확인할 쯤에는, 동료 경계병이 자신의 뒤통수를 정조준하고 있는 상황에 자신이 놓여 있다는 사실도 상기하게 되죠. 정말 주도면밀한 규정입니다. 아무리 훈련이 잘된 군인이라도 해도, 가엾은 희생자에게 직접 방아쇠를 당겨야 하는 상황에서는 머뭇거릴 가능성이 상존하니까요. 대역병이 창궐했던 시기에 공화국은 그런 가능성까지 철저하게 차단시켰습니다.

조지프 (자신의 총을 집으며) 명령이 어떤지는 자네도 알지?

아담 이런 세상에! 여자애잖아요. 그냥 작은 여자애라고요. 도대체 어디서 오는 걸까요?

두 사람은 화면을 응시했습니다. 정말 작은 배였습니다. 아무리 가장 가까운 뭍이라고 해도 거기까지가 얼마인데, 무사히 떠내려 왔다는 사실이 믿어지지 않을 정도였습니다. 아담은 소녀의 눈과 마주쳤습니다. 아담은 법정에서 그렇게 진술했습니다. 소녀는 겁을 먹어

휘둥그레진 눈으로, 바다 위로 솟아오른 거대한 철제 장애물을 의아하다는 듯 올려다보았다고. 작은 배에 임시로 설치한 삼각형 돛은 갈기갈기 찢어져 돛이라고 할 수도 없었습니다. 배는 파도에 따라 이리저리 흔들리며 해수면에 떠 있던 폭발물 쪽으로 조금씩 밀려갔습니다.

조지프 (떨리는 목소리로) 이봐! 제발! 어서 뛰어 가! 자네를 쏘고 싶지 않다고!
아담 선배! 드릴 말씀이 있어요!
조지프 뭔데?
아담 저, 이런 상황은 처음이에요.
조지프 내가 본 자네 파일에는 유경험자로 나오던데.
아담 제가 꾸민 거예요.
조지프 어떻게?
아담 그건 모르시는 게 좋아요.
조지프 좋아, 그러니까 처음이란 말이지. 걱정하지 마. 별일 아니야. 훈련이랑 똑같아. 일단 목표물을 지정만 해주면, 직접 방아쇠를 안 당겨도 돼.
아담 못할 것 같아요.
조지프 선택사항이 아니야.
아담 그냥 여자아이잖아요.

조지프 내가 꼭 해야 할 상황이면 나는 널 쏠 거야.

아담 제가 여기서 볼게요.

조지프 도대체, 지금 무슨 귀신 씻나락 까먹는 소리야?

아담 선배가 가 주세요. 저는 여기 남을게요. 변명 같지만, 그렇게 하는 게 더 좋아요. 이번에 직접 보고 나면, 다음엔 잘할 수 있을 겁니다. 제발이요! 선배도 저를 쏘는 것보다는 그쪽이 낫잖아요.

조지프도 동의합니다. 이미 반쯤은 죽은, 어쩌면 전염병을 옮길지도 모르는 생면부지의 사람을 쏘는 게, 작은 방에서 함께 맥주를 나누어 마시며 생사고락을 함께 하는 동료를 쏘는 것보다 쉬울 테니까요. 그게 유일한 대안이었습니다. 아담도 알았죠. 법정에서도 그렇게 될 걸 알았다고 했습니다. 언론은 아담의 머릿속에서는 그때 이미 많은 것이 냉정하게 계산돼 있었다고 보도했습니다.

시험관 지원자도 그렇게 생각합니까? 냉혈한 같은 행동이었다고 생각합니까?

마침내 아낙스가 제대로 대답할 수 있는 질문이 나왔다. 그건 아낙스의 전공 영역이었다.

아낙시맨더 다음에 일어난 일은 두 가지로 해석할 수 있습니다. 물론 아담은 체포 당시 진술한 것이 사건의 전부라고 했지만요.

아담은 초소에 앉아 근무수칙 대로 저격위치를 주시했습니다. 조지프가 레이저 건이 있는 곳에 도착해 작은 배를 조준하는 모습을 지켜봤습니다. 누군가를 사살하는 광경을 본 적이 없기에 고개를 돌려 버리고 싶었지만, 마음 한편에서는 소름끼칠 정도의 흥분이 일어났고, 아담은 그걸 거부할 수 없었던 거죠. 아담은 조지프를 유심히 지켜보았습니다. 조지프는 보안 암호를 입력하고 레이저 건을 작동시켰죠. 아담은 절차에 따라 경계 화면을 보며 배에 탄 사람이 동료 저격병에게 위협을 가하지는 않는지 유심히 살폈습니다. 그렇게 다시 아담은 소녀의 눈을 보게 되고, 이번에는 고개를 돌리지 않았습니다. 소녀는 열여덟 살, 자신보다 한 살밖에 어리지 않지만, 석 달 동안 바다를 헤맨 덕에 나이가 더 들어보였습니다. 음식과 물을 먹지 못해 야위었고, 거의 아사 일보 직전의 상태였습니다.

아담은 소녀의 얼굴을 확대해서 보았습니다. 감시 기록을 보면 그 사실을 확인할 수 있는데요. 표정을 살폈던 것입니다. 혼란스럽고, 눈앞에 벌어진 상황을 도저히 이해할 수 없다는 뜨악한 표정! 소녀는 여정의 끝에 나타난 거대한 장벽의 의미를 희미하게 감지했을 뿐이었습니다.

아담은 불현듯 현실감이 찾아 왔다고 했습니다. 조사를 받을 때도 자신이 방아쇠를 당겨야겠다고 마음을 먹고 쏜 게 아니라고! 그냥 작은 초소 내부에서 울리는 총소리를 들었을 뿐이라고 진술했습니다. 레이저 건이 있는 곳을 살펴보니, 동료가 앞으로 고꾸라져 있고,

뒤통수에 총구멍이 나 있었다고!

통제실에서 즉시 연락이 왔지만, 아담은 공황 상태였습니다.

"총소리가 들렸는데, 보고하라! 보고하라!"

"아담입니다. 조지프를 처형했습니다. 방벽 지근거리에 배 한 척이 침투했고, 여자애 한 명이 승선해 있습니다. 조지프가 사격을 망설여 발포했습니다."

"한 명뿐인 게 확실한가?"

"네. 두 눈으로 확인했습니다."

"자네가 이 임무를 완수해야 한다. 아담!"

"알았습니다."

"처리 후에 다시 보고하도록. 지원 경계병을 보내겠다. 축하한다! 아담! 공화국의 이름으로 감사의 뜻을 표하는 바이다."

"감사합니다!"

아담은 시간이 자신의 편이 아님을 알았습니다. 통제실에서는 레이저 건이 발포되기를 기다리고 있었습니다.

아담은 쓰러진 동료를 지나 바닷가로 이어진 좁은 길을 달려 내려갔습니다. 어뢰 사이를 불안하게 떠다니는 작은 배가 보였습니다. 아담은 소녀의 주의를 끌기 위해 손을 뻗어 흔들었습니다. 소녀가 자기 말을 들을 수 있는지, 심지어 같은 언어를 쓰는지도 확인해 볼 여력이 없었습니다. "헤엄칠 수 있어?" 아담이 고래고래 소리쳤습니다. "헤엄칠 수 있냐고?"

소녀는 아담을 봤지만 말이 없었습니다. 너무 멀리 떨어져 있어 표정을 볼 수도 없었습니다.

아담이 다시 발악하듯 소리쳤습니다. "배에서 내려. 저쪽으로 헤엄쳐 가. 북쪽으로 가!" 손으로 북쪽을 가리키며 고함쳤습니다. "내가 갈게. 너한테 찾아갈게. 더 멀리. 나랑 만날 장소가 있어. 작은 문이 있어. 그 문에서 기다려. 부표는 절대 건드리면 안 돼. 알아들었어? 배는 폭파시켜야 돼. 제발, 이해했으면 손 좀 흔들어."

아담이 뚫어지게 쳐다보며 반응을 필사적으로 기다렸지만, 아무 반응이 없었습니다. 아담이 다시 손을 흔들자 소녀도 그제야 손을 흔들었습니다. 작고 애매한 몸짓이었습니다. 소녀가 제대로 자신의 말을 알아들었기를 바라면서, 사격대로 다시 올라갔습니다. 레이저는 아직 장전된 상태였습니다. 아담은 조지프의 시체를 밀어내고 조준을 했습니다. 소녀가 보이지 않았습니다. 소녀가 아담이 알려준 대로 한 걸까요? 아니면 너무 지쳐서 그대로 배 위에 쓰러진 걸까요? 알 수가 없었습니다. 아담은 레이저를 발사했고, 물살이 튀고 거품이 일면서 작은 배가 흔적도 없이 사라지는 것을 지켜봤습니다.

아담은 통제소에 연락해, 부들부들 떨리는 목소리로 통신을 주고받았습니다.

"621N 초, 초소의 아, 아담입니다. 임무 완료! 적선은 완파되었습니다."

"축하한다! 아담. 지원 경계병은 10분 안에 도착 예정이다! 현재 위치 유지하도록! 잔해는 우리가 처리하겠다!"

"네! 알겠습니다."

하지만 아담은 자신의 위치를 지키지 않았습니다. 방벽에는 안전 점검 등을 위해 필요할 때 드나드는 작은 문이 있었습니다. 원격 잠금 장치로 여는 문이었습니다. 원칙적으로는 현장에 나온 기술자와 방어본부의 중앙통제실에서 암호를 동시에 입력해야 열립니다.

아담은 문이 고장 났다고 주장했지만, 시스템에 가끔 과부하가 걸린다는 사실을 알았습니다. 그런 정보를 어떻게 취득했는지에 대해 의견이 분분하지만, 아담은 호기심이 많고 영리한 사람이란 것만 기억해 주시기 바랍니다. 제 개인적으로는 평범한 군인들과는 조금 다른 훈련을 받았기 때문에 그런 정보를 습득하는 데에 큰 어려움은 없었을 것으로 사려됩니다.

어떤 이들은 아담이 여자들에게 인기가 많았다는 점을 지적합니다. 여자들과의 관계는 모두 비밀리에 유지되니까, 그런 여성들에게서 몰래 정보를 얻어냈을 가능성이 농후하다고 추측합니다. 가장 극단적인 상상은, 몇몇 역사학자들은 레베카를 언급합니다. 레슬링 대회에서 알게 된 레베카가 전자 보안 전문가로 성장했다고 주장합니다. 두 사람이 그사이 계속 연락을 주고받고 있었다는 주장도 있었지만, 지금까지 어떠한 증거도 나오지 않았으니까요.

어떤 방법을 썼든, 아담은 점검용 문을 열었습니다. 해안가의 암석을 달려 내려가 헤엄을 쳐서 방벽을 넘었습니다. 절대 쉬운 일이 아닙니다. 그날 바다가 잠잠했더라도, 점검용 문들은 방벽 중에서도 가장 접근하기 힘든 곳에 있으니까요.

아담은 처음에는 너무 늦었을 거로 생각했다고 합니다. 소녀는 방벽 건너편에 매달려 있었습니다. 바닷물에서 나오지도 못한 채 고개를 숙이고 있었습니다. 소녀가 고개를 들자, 아담은 그때 철망 사이로 두 사람의 눈이 마주쳤다고 말했습니다. 아담은 소녀를 방벽 안으로 끌어와 해안까지 데리고 갔습니다. 소녀는 말이 없었지만, 배에서 내렸다는 사실만으로도 소녀가 자신의 말을 알아들었다는 걸 알 수 있었습니다.

아담은 소녀를 절벽 아래 작은 동굴로 데리고 갔습니다. 그곳이라면 안전하게 숨길 수 있다고 생각했습니다. 벨트 안에 있던 군 비상식량 초콜릿 바를 주고 나서 다시 돌아오겠다고 약속했습니다. 소녀는 미소를 지어 보이며 고맙다는 마음을 전하고는 바위에 등을 기대고 눈을 감았죠. 적어도 아담의 말에는 그랬다고 합니다.

지원 경계병이 도착했을 때, 아담은 사격 기지에서 온몸이 흠뻑 젖은 채, 조지프의 시체를 안고 울부짖고 있었습니다. 지원 경계병의 이름은 나다니얼이었는데, 마음씨가 따뜻하고 전역이 얼마 남지 않은 군인이었습니다. 나다니얼은 아직 나이 어린 아담이 충격을 견디지 못하고 잠깐 이성을 잃은 것으로 생각하고는, 본 것을 보고하지 않겠다고 약속했습니다. 아담은 감사의 뜻을 표하고, 남은 근무 시간을 채웠습니다.

그날 밤 아담은 동굴을 다시 찾았습니다. 물과 음식, 담요를 챙겨 갔습니다. 다음 날 아담의 간호 덕분에 어느 정도 건강을 되찾은 낯선 조난자가 일어나 앉아, 더듬더듬 거리는 영어로, 자신의 이야기를 해주었습니다.

시험관 앞에서 이 사건에 대해 두 가지 버전이 있다고 했는데, 두 번째 버전에 대해 이야기해주시죠.

아낙시맨더 처음부터 사건 조사팀은 아담의 진술을 의심했습니다. 방벽 보안시스템은 물론 절벽 아래 지형을 그렇게 소상하게 알고 있었다는 점이나, 지원 경계병에게 전한 이야기가 너무나 그럴듯했다는 점, 그리고 조지프를 능숙하게 이용했던 점 등을 믿을 수가 없었죠. 어떤 이들은 모든 행동이 사전에 계획되었으며, 심지어 소녀가 찾아온 것까지도 계획의 일부일 수 있다고 주장합니다. 보안망이 뚫렸다는 충격적인 발표가 이어졌고, 과도하게 공포로 포장되고 지나치게 피해망상적인 논리들이 쏟아져 나왔습니다.

시험관 지원자는 그런 설명들은 인정하지 않습니까?

아낙시맨더 네, 그렇습니다.

시험관 이유가 뭐죠?

아낙시맨더 역사는 우리에게 음모이론의 무용성을 보여줍니다. 복잡한 것은 실수를 낳게 되고, 그런 실수 속에 편견이 자리잡고 있습니다.

시험관 페리클레스처럼 말하는군요.

아낙시맨더 페리클레스 선생님의 말씀인지 모르지만, 이건 분명히 제 생각입니다. 아담 사건의 경우, 저는 아담이 말한 대로 믿는 편이 낫다고 생각합니다. 상황이 급격히 돌아가면 인간은 간단한 반응을 보입니다. 음모이론은 일이 다른 방향으로 일어날 수 없게끔 믿게 합니다. 모든 일이 사전에 계획되고 통제되었다고 합니다. 하지만 배는 작았고, 돛대도 하나밖에 없었습니다. 그런 배가 어떻게 정확한 시간에 바로 그 초소에 도착할 수 있었을까요? 이런 대단한 작전과 관련된 정보들은 어떻게 정확하게 전달이 되었을까요? 거기에 대해 어떠한 합리적인 설명도 없었습니다. 중앙통제실의 대응은 절차에 따른 것이었지만, 거기에도 변수는 있었습니다. 예를 들면 지원 경계병이 초소에 도착하는 시간이 다를 수 있었죠. 나다니얼은 15분 만에 도착했다고 하지만, 그건 2분이 될 수도 있었고 1시간이 될 수 있었습니다. 아담이 정말 주도면밀한 계획을 세웠더라면 필요한 음식이나 옷, 의약품 등을 미리 준비했겠죠. 하지만 우리가 알다시피 아담은 다음 날이 되어서야 황급히 물건들을 허겁지겁 사들였고, 바로 그런 행동 때문에 의심을 받았습니다. 네, 저는 아담이 진실을 말했다고 생각합니다. 소녀의 눈을 마주친 순간, 행동해야만 한다고 느꼈던 거죠.

시험관 그래야 했을까요?

아낙시맨더 무슨 말씀인지?

시험관 아담은 꼭 그렇게 행동해야만 했을까요?

아낙시맨더 그 점에 대해서는 사람마다 의견이 다르다고 생각합니다.

시험관 인류 역사상 가장 파괴적인 전염병이 돌았던 지역에서 낯선 자가 흘러들어왔습니다. 대응 방식에 대한 엄격한 복무규정도 있었고요. 그런데, 감정에 휘둘린 아담은 동료를 죽이고, 공동체 전체에 위험을 초래할 행동을 합니다. 이건 분명히 짚고 넘어가야 할 문제입니다. 지원자는 그런 행동에 대해 지금과는 다른 판단을 내릴 여지가 있다는 생각은 들지 않나요?

아낙스는 머뭇거렸다. 이런 유의 질문은 예상치 못했다. 아낙스의 전공은 역사지, 윤리학이 아니었다. 아담 이야기와 관련된 사료들을 얼마나 철저히 조사했는지는 설명할 수 있지만, 아담이 바르게 행동했는지 판단할 수는 없었다. 물론, 아낙스에게도 자신의 의견이라는 것은 있었다. 의견은 누구나 가진다. 집이나 학교에서, 놀이공원에서 이 사건에 대해 속닥속닥하지 않았던 사람이 있을까? 하지만 아낙스는 아담을 지지할 준비를 하지 못했다, 녹음이 안 되는 상황에서도. 역사학도는 아담을 변호할 자격이 없었다. 페리클레스는 질문에 가능한 한 자세하고 진실하게 대답하라고 했다. 선생님은 시험관이 아낙스를 뒤흔들어놓을 것이라고, 날이 선 질문으로 콕콕 찌를 것이라고 했다. 아낙스는 최대한 시간을 끌며 대답했다.

아낙시맨더 공동체 전체에서 아담의 동정여론이 일어났다는 것은 주지의 사실입니다. 그리고 현재 우리 역사에서 아담이 차지하는 독보적인 위치를 보면, 그런 반응은 그리 놀라운 게 없다고 생각합니다. 사람들이 아담의 행동을 영웅적이었다고 평가하는 것도 이해할 수 있습니다. 저는 우리 안에 그런 충동이 있다고 생각합니다.

시험관 지원자 안에도 그런 충동이 있습니까?

아낙시맨더 제 말은 우리 모두는 그런 충동을 본능적으로 갖고 있다는 이야깁니다. 방금 그 질문은, 그런 충동을 사회가 감싸 안아야 하느냐 아니면 개인이 억제해야 하느냐를 물어보신 것이겠죠? 아담은 아무 힘도 없는 난민에게 커다란 동정심을 느꼈던 겁니다. 그런 감정은 일단 억눌러야 한다고 배웠고, 그런 지시의 이유도 합당합니다. 전염병의 위험이 지나갔다고 아담은 믿었겠지만, 국가를 대신해서 그런 결정을 아담이 독단적으로 내리고 그렇게 행동한 것은 불합리한 짓입니다. 아담은 바이러스 전문가는 아니었으니까요. 그럼에도, 저는 아담의 영웅심을 이해하는 이들은 바로 동정심의 중요성을 직관적으로 이해한 사람이라고 믿고 싶습니다. 어떤 사회가 성공적으로 돌아가려면 타락하지 않은 동정심이 어느 정도 유지되어야 합니다.

처음으로 시험관들 사이에 미묘한 변화가 감지되었다. 그들은 등을 세우고 자세를 바로잡았다. 가운데 앉은 시험관장의 체구는 더 커 보였고, 눈빛이 불타올랐다.

시험관 지금 지원자는 전염병으로 무너지는 사회가 무관심 때문에 무너지는 사회보다 더 바람직하다고 말하는 겁니까?
아낙시맨더 그렇게 질문하실 수도 있겠군요.
시험관 대답하세요!
아낙시맨더 제 생각에, 사정을 참작하더라도 아담의 낭만적 행동은 정당화하기 어렵다고 봅니다. 하지만 지난 역사를 볼 때, 우리가 아담에게 고마워해야 할 부분도 일정 부분 있다고 생각합니다.

침묵이 흘렀다. 시험관들은 아낙스의 말을 기다렸지만, 아낙스는 일단 정조준된 총알은 피했다고 생각하고 가만히 있었다. 아낙스는 다시는 시험관들의 사정권 안에는 들지 않겠다고 마음먹었다.

시험관 흥미로운 대답이군요.
아낙시맨더 흥미로운 질문이었습니다.
시험관 지원자는 시간 조절에 신경을 써야 할 겁니다. 이제 1교시는 끝났습니다. 중간 중간에 시험관들끼리 면접의 진행방향에 대해 논의하는 동안 지원자는 밖에 있는 대기실에서 대기해야 합니다.
아낙시맨더 지금 나가야 한다는 말씀이신가요?
시험관 그렇습니다.
아낙시맨더 시간 계산은 어떻게 되는 거죠?
시험관 쉬는 시간은 뺍니다.

첫번째
휴식시간

아낙스 뒤로 문이 열렸다. 역시 예상치 못했던 진행이었다. 이제 한 시간 마쳤고, 아직 세 시간 남았다고, 혼자 말하며 평정을 찾으려고 노력했다. 대기실에는 경비원이 있었다. 바깥에 있는 누군가와 연락을 못하게 자신을 감시하는 거로 어림짐작했다. 나이는 아낙스보다 많아 보였다. 아낙스가 경비원에게 미소를 지어 보이자, 경비원은 고개를 돌렸다.

아낙스는 휴식시간을 활용해보려고 노력했다. 사실, 딱 적당한 때에 휴식시간이 찾아왔다. 아낙스는 거짓말을 했다. 자신도 그걸 소리 내어 말하고 나서야 알았고, 말할 때의 느낌이 낯설어서 자신의 말이 무슨 뜻인지 모르고 하는 것 같았다. 그래, 아담의 행동은 낭만적이고 비이성적이고 정당화될 수 없었다. 하지만 그럼에도, 어떻게든 대답을 해야만 했을 때 아낙스는 거짓말을 밀고 나가야 했다.

자기가 그때 초소에 있었더라도 똑같은 행동을 했을지는 모르겠지만, 아담의 행동이 잘못된 게 아니라는 것만은 알았다. 아낙스는 새롭고 위험한 인식은 꿀꺽 삼켜두고, 다음 질문에 집중하려고 애썼다. 분명 아담의 체포과정과 이어진 재판에 관한 자세한 설명을 요구할 것이다. 자신은 준비되어 있다고 스스로 설득했다. 시험에 통과하는 게 어떤 의미인지 상기하며, 그 소식을 전할 때 페리클레스 선생님의 표정이 어떨지를 생각했다.

"휴식시간이 얼마나 되나요?" 30분 동안이나 안에서 아무 소식이 없자 아낙스가 물었다. 경비원이 돌아봤다. 경비원의 표정에서 아낙스가 말을 걸 거라고는 전연 상상도 못 했다는 걸 짐작할 수 있었다.
"저도 모르죠." 경비원 목소리는 놀랄 만큼 차분했다. 전혀 경비원답지 않은 목소리였다.
"저는 그냥, 이런 경우를 자주 보셨을 테니까…."
"전에는 한 번도 안 와서…." 경비원이 말했다. "저도 오늘이 처음입니다."
"여기 저를 감시하고 계신 거잖아요?"
"네?" 혼란스러움이 경비원의 얼굴에 떠올랐다.
"경비원 아니세요? 외부와 연락 못 하게 하려고 지키고 계신 거잖아요."
"연락은 원래 안 돼요." 그가 대답했다. "이 건물은 통째로 감시망이 설치되어 있고, 전자 기기파를 차단하고 있어요."

"저도 아는데, 그래도 혹시나 해서 특별히 그쪽을 세워둔 게 아닌가 했어요."

경비원은 웃었다.

"왜요?" 아낙스가 따지듯 물었다. "뭐가 그렇게 우스워요?"

"저는 그쪽이 저를 감시하는 줄 알았거든요."

그제야 문이 하나 더 있다는 것을 알아차렸다. "그럼, 그쪽도…."

"네, 저 문으로 나왔어요."

"잘 되세요?"

"모르겠어요. 휴식시간이 있는 줄은 몰랐는데."

"그러게요, 기운 좀 빠지게 하네요. 안 그래요?"

"조금이요."

"아낙스라고 해요."

"만나서 반갑습니다. 소크라고 합니다."

"그쪽은 전공이 뭐예요?"

"우리 이런 이야기 나누어도 되는 걸까요?"

"굳이 이야기를 못 하게 할 거였으면, 다른 방에 따로 넣었겠죠."

"지켜볼지도 몰라요." 소크가 말했다.

아낙스는 소크가 마음에 들었다. 아낙스는 첫인상을 비교적 잘 판단하는 편이었다. 말이나 행동이 부드러워 분명히 친절한 성격일 것 같았다. "질문은 어려운 편이었어요?" 아낙스가 물었다.

"대부분은 괜찮았어요." 소크가 대답했다. "윤리학과 관련된 질문들이 있었는데, 그건 제 전공이 아니거든요. 어쩌면 말이 너무 많았는지도 모르겠어요."
"저도 그랬어요." 아낙스가 말했다.
그 대답이 소크에게 안도감을 준 모양이었다. 소크는 아낙스의 얼굴을 뜯어보며 무언가를 읽어내려는 것 같았다. 소크가 갑자기 몸을 앞으로 휙 숙이자, 아낙스는 놀라며 몸을 움찔했다. 소크는 목소리를 낮춰 속삭였다.
"조심해요! 저들은 당신이 생각하는 것보다 더 많이 알고 있으니까."
다시 몸을 물리고 바라봤지만, 아낙스는 대답하지 않았다. 따지고 보면, 처음 본 사람인데, 누구이기에 이런 위험을 감수하는 걸까? 바로 그때, 마치 위험을 예고라도 하듯 아낙스 쪽의 문이 스르륵 열렸다.

2교시

개인들을 하나로 묶어주는 유일한 것은 이상입니다.

이상은 변화하고 퍼져 나가죠.

이상은 이상을 꿈꾸는 사람이

현실을 바꾸는 것만큼이나

이상을 꿈꾸는 사람을 바꾸기도 합니다.

2교시

아낙스는 소크의 시선을 피하며 문으로 향했다. 시험관들의 얼굴을 보니 이전보다 더 긴장되었다. 아낙스가 여러 말을 했는데도, 시험관들은 별 동요가 없었다. 휴식시간 동안 그들이 무슨 이야기를 주고받았을지 짐작해 보려고 애썼다.

하지만 선임 시험관은 기다렸다는 듯이 아낙스가 앉자마자 다음 질문을 던졌다. 마치 휴식시간이 아낙스의 상상 속에서만 있었던 것 같았다.

시험관 아담이 체포될 당시의 상황은 어땠습니까?

아낙시맨더 굳이 말씀 드리자면, 아담의 체포 과정은 극적이지 않았습니다. 앞에서도 말씀드렸듯이, 소녀를 구한 아담의 행동에 대해 말들이 많지만, 그 소녀가 '이브'라는 이름으로 알려질 분명한 이유가 있는 것 같습니다. 그렇지만 소녀를 구한 것은 계획적이라고 보기보다는 즉흥적이었다고 보는 게 맞습니다.

즉결 처형이 발생하면 늘 그렇듯이, 조지프의 죽음에 대한 조사가 즉각적으로 이루어졌습니다. 그 과정에서 두 사람의 임무가 바뀌었다는 것이 밝혀지면서 이 사건은 당국의 비상한 주의를 끌게 됩니다.

전문가들이 파견되어 해안방벽에 대한 조사가 이루어졌고, 누군가 방벽에 손을 댔다는 것이 밝혀졌죠. 아담이 보급품을 구매한 것이 보고되고, 훔친 신분증을 이용하여 음식과 물을 구하려고 했다는 정보도 입수되었습니다. 아담은 이미 24시간 감시 속에 있었습니다. 아담의 위치추적 칩이 작동되었고, 다음 날 밤 아담이 숙소를 빠져나왔을 때는 검역팀과 수사팀이 함께 아담을 따라붙은 뒤였습니다.

시험관 아담처럼 정보기술에 밝은 사람이 위치추적 칩 하나조차도 대비하지 않았다는 게 이상하지 않은가요?

아낙시맨더 아담의 동기가 무엇인지에 대해서는 많은 논란이 있었습니다. 다시 말씀드리지만, 음모이론의 문제는 사건을 아주 정교하게 통제할 수 있다고 가정하는 데에 있습니다. 저는 어떤 사건이 복잡해지는 이유는 난데없이 튀어나오는, 예상치 못한 우연에서 나온다고 믿는데요. 당시 아담은 겁먹은 평범한 남자에 불과했다고 봅시다. 아담은 자신이 옳다고 믿은 일을 했는데, 갑자기 주변 세상이 미친 듯이 빙글빙글 소용돌이치기 시작한 것을 발견한 거죠.

시험관 낭만적인 해석이군요.

아낙시맨더 아닙니다! 현실적인 해석이죠. 아담은 허둥대었습니다. 믿고 의지할만한 사람도 없고, 이미 돌이킬 수 없는 선택을 해버린 상황입니다. 그래서 소녀의 생명을 책임져야 했죠. 하지만 깊이 이것저것 따질 겨를도 없이 보안군을 소녀가 숨어 있던 동굴로 안내하게 되는 꼴을 면하지 못합니다. 거기서 급습을 당하게 되죠.

시험관 동굴에선 무슨 일이 있었습니까?

아낙시맨더 그건 정확히 알 수 없습니다. 보안군에는 아담과 이브를 생포하라는 엄중한 명령이 떨어져 있었습니다. 당국은 아담과 이브 뒤에 더 큰 음모가 도사리고 있을 것이라고 믿었죠. 보안군의 공식 발표를 보면 매우 복잡하고 정교한 매복 작전을 펼쳤다고 했는데요. 군 입장에서는 그런 성명을 발표할 수밖에 없다는 건 굳이 지적할 필요도 없겠지요. 그게 아니라면, 동굴이 여러 갈래로 갈라져 있었다는 것을 예상치 못했고, 간단히 말해서 엉뚱한 곳을 습격했다는 것을 시인하는 꼴이 됩니다.

보안군이 들이닥치는 소리를 들었을 때, 아담은 동굴의 두 갈래 가운데 짧은 동굴 끄트머리에 이브와 함께 있었습니다. 조지프가 갖고 있던 총으로 무장하고 있었죠. 계속 그 자리에 있으면 발각될 게 분명했습니다. 당황한 아담에게도 선택의 길이 아직은 남아 있었습니다. 이브를 남겨 두고 보안군이 자신들의 실수를 알아채기 전에 탈출하든가 아니면 이브와 함께 달아나는 것이죠.

이브의 상태를 고려할 때, 탈출속도가 현격하게 떨어질 게 분명했지만, 아담은 함께 가는 길을 택했습니다. 이브의 증언에 따르면, 자신을 버리고 혼자 도망가라고 간청했지만 아담은 거절했다고 합니다. 하지만 아담은 탈출에 성공하지 못했습니다. 경계병들이 동굴 입구를 지켰고, 실수를 간파한 타격대가 다시 돌아 나오는 데에는 오랜 시간이 걸리지 않았죠.

동굴은 어두웠고 동굴 벽은 울퉁불퉁했습니다. 게다가 횃불이 바람에 어지럽게 흔들리고, 군인들의 고함도 웅웅 울리면서 동굴 안은 아주 소란스러웠습니다. 나중에 아담은 자신이 양쪽에서 협공을 받았다고 주장했습니다. 사실이 어쨌든, 아담이 바위 뒤에 숨은 채 동굴에서 나오는 군인들에게 총을 발사한 건 사실입니다.

실수는 또 다른 실수를 불러옵니다. 동굴 안에서 스턴 건[3]을 쏘면 어떤 상황이 벌어질지 군인들은 예상치 못했고, 신중치 못했죠. 충격파가 동굴 벽에 반사되는 바람에 자신들에게 총을 쏜 꼴이 되었습니다. 그에 반해 아담의 총은 살상용 무기였죠. 이런 상황을 고려할 때, 군인들이 열한 명이나 사망했다고 해서 이의를 제기할 필요는 없습니다. 누구의 주장처럼, 아담이 국외의 비밀 저항단체에서 별도의 정규 군사훈련을 받았다고 주장할 수는 없습니다. 차라리 당시 군 당국에서 주장했던 대로 상황이 '모든 게 뒤엉킨 상황'이라고 보

---
3) **스턴 건** 폭동 진압용으로 쓰이는 전기충격파 발사기

는 게 맞습니다.

아담과 이브는 검역 센터로 옮겨져 고강도 검역을 받았지만, 두 사람 모두 알려진 어떠한 변종 바이러스에도 감염되지 않았음이 밝혀졌습니다. 정확한 검사 결과는 일반인에게는 알려지지 않는데, 당시 발표된 의학 소견서에서는 이브가 치명적인 질병에 노출되었던 적이 있으며, 비정상적인 항체반응을 보였음을 암시했습니다. 공식적으로는 이브가 바이러스를 옮기는 보균자는 아니라고 대중을 안심시키면서, 한편으로 외부 세계가 여전히 전염병에 시달리고 있음을 다시 한 번 강조하는 그런 발표였죠.

그런 다음, 공화국 역사에서 가장 유명한 재판이 시작됩니다.

시험관 당시 재판이 꼭 필요한 것은 아니었습니다. 포로들을 공개심문하고 싶었던 공화국 당국의 정치적 결정의 의도는 십분 이해하지만, 재판 이외에 다른 방법이 없는 것은 아니었습니다. 기밀 정보도 포함되어 있어 당국으로서는 모든 절차를 비밀리에 진행하고 싶었을 겁니다. 혹은 어떤 역사학자가 지적했듯이, 처음부터 이 사건 자체를 일반인들에게 알릴 필요가 없었을지도 모릅니다. 그러니까 재판을 공공 이벤트로 만든 건 매우 의도적인 결정이었습니다. 당국이 왜 그랬는지 설명해 보죠.

아낙시맨더 먼저, 좀 전에 들려드렸던 아담과 조지프가 초소에서 나누었던 대화를 다시 상기하시기 바랍니다. 거기서 조지프는 전염병이 다 지나간 걸로 믿는다고 말했습니다. 그런 견해는, 제가 판단하기에, 당시 젊은이들의 공공연한 시각이었습니다.

당시는 해양방벽이 세워진 지 20년이 훌쩍 지난 시점이었습니다. 공화국의 1세대는 전쟁의 공포를 직접 체험했고, 맨 처음 생물학적 공격의 과정과 그 영향을 두 눈으로 목도했던 사람들이었죠. 극적인 종말을 지켜보며, 끝없이 이어질 것 같았던 2031년과 2032년의 혹독한 겨울을 견뎌낸 세대였습니다. 그들은 갑작스러운 세상의 종말과 외부세계와의 단절, 불신의 시대가 시작되는 것을 목격해야 했습니다. 그들은 방독마스크를 쓴 채, 적들이 수평선에 나타날지도 모른다는 두려움에 떨며 방벽을 주시하며 살아야 했습니다. 당시는 북쪽에서 바람만 불어와도 거기에 병원체가 실려 오지 않을까 염려하던 시절이었습니다.

그런 공포 분위기에서는 공화국의 틀을 유지하는 게 훨씬 더 쉽죠. 공동의 위협, 공동의 적에 대처하기 위해서 모두 함께 하나가 되어야 했기 때문입니다. 하지만 시간이 지났고, 두려움도 차츰 아스라한 옛 기억이 되어 갔습니다. 공포가 일상이 되면서, 공포에 대한 긴장감이 둔해졌죠.

사람들은 외부세계에 대해 질문을 던지기 시작했고, 어떤 이들은 공화국에 대해서도 의문점을 제기하기도 했습니다. 시위가 있었고, 이런저런 불만들이 슬금슬금 새어나왔죠. 아담이 체포되기 3주 전에는 자신의 아이가 '제거'된다는 것을 알고, 아이의 생명을 지키려던 어머니가 거리에서 사살되는 전대미문의 사건까지 벌어졌습니다.

무엇보다 큰 문제는 지도자들에 대한 회의가 싹튼 것입니다. 공화국의 공약을 따르면, 가장 영리한 아이들이 철학자 계급이 되고 그 철학자들이 소통의 기술을 닦는 훈련을 통해, 모든 사람들에게 이익이 골고루 배분하는 현명하고 계몽적인 정치를 펼친다는 것이었습니다. 인공지능 프로그램에 대한 국민들의 기대도 대단했죠. 생각할 수 있는 로봇이 등장하면, 다음 세대는 노동에서 해방될 거라고 다들 믿었습니다. '당신의 자녀들은 노동자가 되지 않을 것입니다!' 라는 표어가 대대적으로 선전선동 되었지만, 약속이 클수록 약속이 지켜지지 못했을 때의 충격도 그만큼 크죠.

2068년에 초, 굴착 로봇의 오작동으로 군인 13명이 사망하고 로봇이 검문소를 넘어가는 사건이 발생했습니다. 이 사건 이후로 철학자 윌리엄의 사회성 계발 모델들이 대세를 이루는데요. 윌리엄은 외부의 반응에 따라서만 작동하는 회로에는 한계가 있다고 보았습니다. 급진적 사상가였던 윌리엄은 '혼돈의 창발(創發)[4]'이라고 부르는 모델을 개발했습니다. 이 시스템은 프로그램 자체가 주위환경에서 배워 스스로 프로그래밍 하게 됩니다.

2073년, 새로운 모델을 적용한 첫 번째 로봇이 북부 모 양육원에서

---
4) **창발** 그 이전에는 보이지 않았던 것이 어느 순간에 갑작스럽게 나타나는 것을 '창발'이라고 한다. 가령 H_2O 라는 분자가 수백만 개 모이면 그저 H_2O 덩어리에 불과하지만, 수조 억 개가 모아지면 물의 액체적인 현상이 나타나는데 이를 창발적이라고 한다. 즉 하위수준(구성요소)에는 없는 특성이나 행동이 상위수준(전체구조)에서 자발적으로 돌연히 출현하는 현상을 창발이라 한다.

철학자 계급의 아이들과 함께 생활하게 됩니다. 최초 6개월 동안 로봇은 주변에 있는 아이들의 행동을 모방하며 스스로 진화했습니다. 언어를 익히고, 간단한 게임이나 활동 동작들도 습득했죠.

공화국의 모든 언론매체가 대대적인 선전선동 작업에 돌입했습니다. 철학자 계급에서는 시범 양육원에 자녀들을 서로 입학시키려는 내부경쟁까지 일어났다고 합니다.

시험관 앞에서 공화국은 부모가 자신의 자녀를 아는 것을 금한다고 하지 않았던가요?

아낙시맨더 네, 하지만 자연의 힘은 그렇게 쉽게 사라지지 않습니다. 2068년에 철학자 계급은 가족 간의 격리로부터 면제받는 법안이 통과되었습니다. 그 법 때문에, 74년 여름에 터진 에벌루션 3호 사건이 철학자 계급에 대한 일종의 인과응보라고 말하는 사람들도 생겨났죠. '혼돈의 창발' 모델 로봇의 이름은 에벌루션 3호였습니다. 어느 날 3호가 숨바꼭질 놀이를 하다가 – 아이러니하게도, 마침 공의회에서 철학자 윌리엄 의안의 홍보영상을 찍기 위해 설치해놓은 카메라 앞에서 벌어진 일이었습니다 – 아이들을 공격합니다. 아이 일곱이 사망하고 지도 교사 한 명이 중태에 빠진 뒤에야 그 로봇은 폐기되었죠. 그 사건 이후로 윌리엄의 연구 프로그램은 전격 취소됩니다. 하지만 더 심각한 문제는 철학자 계급과 공화국의 지도력이 타격을 받았다는 사실입니다.

많은 역사가들은 아담을 공화국 실패의 촉진제로 명명합니다. 그러나 진실은 공화국이 이미 실패하고 있었다는 것입니다. 게다가 재판이 혁명을 예방하기 위해 철학자 계급이 시도한 반격이었다는 입장도 있습니다.

아낙스는 시각을 확인했다. 30분이 훌쩍 지났다는 것을 알고 깜짝 놀랐다. 지금 말하는 부분은 가장 자신 있는 부분이고, 자신이 듣기에도 대답은 확신에 넘쳤다.

시험관 아담을 공개 재판정에 세운 공화국의 결정에 대해 그럴듯하게 설명했습니다. 하지만 재판정에서 보여주었던 공화국 재판부의 미숙함은 여전히 수수께끼입니다. 어떻게 일이 그렇게까지 잘못될 수 있었을까요?

아낙시맨더 내키지는 않지만, 제 생각에는 이 결론이 가장 진실에 가깝다고 생각합니다. 말하자면, 운명이 그들 편이 아니었던 거죠. 영리하고 능력도 있는 사람도 상황에 휩쓸릴 가능성이 충분히 있다고 생각합니다. 다시 저의 주요 주장으로 돌아가서 이야기하자면, 음모이론이 실패하는 것은 목적을 이룰 수 있는 모든 수단이 자신에게 있다고 가정하기 때문입니다.

재판이 실패였다는 건 의심의 여지가 없지만, 저는 공화국의 계획 자체가 좋지 못해서 그렇게 되었다고는 생각하지 않습니다. 사실, 재판을 앞둔 상황은 좋지 못했습니다. 여론의 지지는 약해지고, 통치력과 공적인 절차들은 느슨해져, 혁명의 기운이 여기저기서 감지되었죠. 저는 그들이 최선의 방법을 택했다고 생각합니다. 하지만 가끔씩은 최선의 방안도 실패를 하는 법이죠.

철학자 위원회가 직면했던 문제는 필연적인 것이었습니다. 시작부터, 공화국은 파멸의 씨앗을 내장하고 있으니까요. 공화국 헌장의 첫 페이지, 플라톤의 첫 번째 강령은 다음과 같습니다.

공화국 주민은 국가를 통해서만 능력을 최고조로 발현할 수 있다. 주민이 곧 국가이며, 국가가 주민이기 때문이다.

공화국의 건국자들은 개인을 인정하지 않고 가장 기본적인 진리도 무시했습니다.

개인들을 하나로 묶어주는 유일한 것은 이상입니다. 이상은 변화하고 퍼져 나가죠. 이상은 이상을 꿈꾸는 사람이 현실을 바꾸는 것만큼이나 이상을 꿈꾸는 사람을 바꾸기도 합니다.

공화국 건국자들은 부모와 자식을 떼어놓고 배우자들을 서로 떼어놓아 일상적인 애착을 제거하면, 그 빈자리에 국가에 대한 충성심이 채워질 것으로 믿었습니다. 하지만 의도하지 않았던 현상들이 속속 나타났습니다. 사람들은 동성들끼리 모인 커다란 공동체에서 함께 생활했습니다. 거기서 함께 먹고 놀고 자고 일했죠. 그리고 서로 이야기를 나누었습니다. 새로운 사상이 싹틀 수 있는 인큐베이

터를 공화국이 마련해준 셈입니다. 공화국이 공동체에 유입되는 정보는 철저히 통제할 수 있었지만, 사람들의 머릿속에 들어간 정보가 변하는 모습까지 통제할 수는 없었습니다.

그때쯤 플라톤은 노인이 되었고, 헬레나는 이미 사망한 상태였습니다. 플라톤의 부관, 그러니까 '아리스토텔레스'라는 이름으로 통용되었던 여성이 주된 결정들을 내렸죠. 아리스토텔레스의 개인 일지를 보면, 아리스토텔레스도 당시 여론을 속속들이 파악했음을 알 수 있습니다. 아담의 재판이 있기 넉 달 전에 아리스토텔레스가 플라톤에게 전한 다음 메모를 보시죠.

우리는 사람들이 자신 이상으로 국가를 생각해 주기를 바랐지만, 이 방정식의 한계를 너무 늦게 깨달았습니다. 아주 양순한 짐승이라고 해도 그 욕구를 알아주지 않으면 사나워집니다. 사람들은 한때 자신들을 짓누르던 위협을 더는 믿지 않고, 공화국이 제공하는 생활의 편이성에 대한 욕구는 점점 커져갑니다. 이제 위협은 개의치 않아 하고 다른 것들을 생각하기 시작했습니다. 공동체마다 쑥덕공론이 일고, 그런 대화는 살아있는 것이어서, 변형되고 점점 커졌습니다. 하지만 다행히 아직은 밖으로 드러내지는 않고 있습니다. 사람들은 선택에 대해, 기회와 자유에 대해 말들이 많아졌습니다. 세상을 바꾸는 것에 대해 이야기합니다.

이 메모가 당시 위원회가 당면했던 위기를 적나라하게 보여줍니다. 이겨낼 수 없는 도전이었지만, 위원회는 발버둥칠 수밖에 없었죠.

공개재판으로 끌고 가려는 의도는 공화국 주민들에게 새로운 위협을 주입시키기 위함이었습니다. 위원회는 아담의 뒤에 더 큰 음모를 덧칠하기 위해 증거를 조작할 방법을 찾았습니다.

위원회는 주민들을 불안하게 만들고 싶었습니다. 전염병이 변이를 거쳐 악성으로 변했으며, 이번 침투가 처음이 아니라고 말입니다. 외부인이 이미 공화국 안에 암약하고 있고, 더 큰 규모의 반란을 획책하고 있다고 공표하고 싶었습니다.

요약하자면, 위원회는 공화국을 건국할 때만큼의 불안정한 상태로 주민들을 몰아가고 싶었습니다. '변화란 곧 파멸이다.' 라는 것이 플라톤의 두 번째 강령이었죠. 아담의 경력을 고려해볼 때 아담은 더할 나위 없는 완벽한 후보자였습니다. 과거에도 유사 전력이 있고 또 반사회적이고 반항적인 사람으로 알려졌기 때문입니다. 그러나 지도부들의 그런 예측은 크나큰 실책이었습니다. 자신들이 두려워하는 전부를 아담이 오롯이 증거하고 있으니, 사람들도 당연히 아담을 두려워할 거라고 착각을 했던 거죠. 그들은 아담의 매력을 간과했던 것입니다. 사람들이 아담을 영웅으로 여길 거라고는 꿈에도 생각지 못했습니다.

재판 과정은 모든 공동체에 생중계되었습니다. 위원회가 희망하던 대로 많은 사람이 재판에 빠져 텔레비전 앞에 모여들었지만, 여론은 곧 당국의 바람과는 큰 차이를 보이기 시작했습니다.

아담은 흉악무도한 반역도처럼 보이지 않았던 거죠. 아담은 사람들에게 보는 이의 분노를 누그러뜨리는 사람 좋은 미소를 짓는 잘생긴 앳된 청년으로 보였습니다. 법정에서 아담은 한 소녀가 어뢰를 향해 떠내려 오는 것을 봤을 때 어디에 있을지 모르는 여동생을, 공공장소에서는 만날 수 없는 연인이 떠올랐다고 진술했습니다. 그저 마음이 시키는 대로 자신은 따랐을 뿐이라고 했죠. 옳다고 느껴진 일을 해야 했고, 자신의 내면을 들여다볼 때 더 큰 선을 발견할 수 있다고 일갈까지 했습니다. 그리고 감옥에서 지내던 어느 날 밤엔가 해양방벽이 붕괴되는 꿈을 꾼 적도 있다고 고백했죠.

위원회에게 그 재판은 한마디로 재앙이었습니다. 공개처형으로 재판을 마무리하려는 계획이었지만, 2주차에 접어들자, 위원회는 그런 식으로 매조지했다가는 폭동이 일어날 것이라는 결론을 얻게 되죠. 그렇게 위원회가 자기가 놓은 올가미에 걸려 허우적거릴 때 철학자 윌리엄이 다시 전면에 등장했습니다.

여기서 잠시 시간을 뒤로 돌리겠습니다. 비록 에벌루션 3호 계획이 실패로 끝나고, 인공지능 연구에 대한 열광은 급격하게 식었지만, 윌리엄은 개인적인 차원에서 연구를 계속 진행했습니다.

사회지도층은 공화국이 새로운 종류의 로봇을 개발하는 것만이 현 위기를 타개할 수 있는 유일한 방안이라고 믿었습니다. 노동자나 군인 계급의 잡무를 대신 믿고 맡길 수 있을 만큼 충분히 진보한 로봇

말입니다. 사회 밑바닥 계층은 언제나 반란을 꿈꾸므로, 안정적인 사회란 사람 밑에 사람이 없는, 누구나 평등한 사회라고 생각한 거죠. 아리스토텔레스는 이 견해에 동조하지 않았지만, 그런 생각 자체는 인정했습니다.

당시 철학자 윌리엄의 연구가 어떤 그림을 그렸는지 설명하기 전에, 기술부문에 대해 짧게 말씀드리겠습니다. 인공지능의 요람기, 그러니까 20세기 후반만 하더라도 인공지능 산업에는 상상력이 절대적으로 부족했습니다. 연구자들은 컴퓨터가 뇌 활동의 좋은 모델이 될 수 있을 거라고는 짐작도 못 했죠. 하지만 그들은 '생각할 수 있는 기계'를 프로그래밍 해 보려는 꿈을 끈질기게 간직하고 있었습니다. 이번 세기의 두 번째 십 년 즉, 2020년이 되어서야, 과학자와 예술가들이 공동 작업을 하게 되었고, 우리가 지금은 '창발의 복잡성'이라고 부르는 것을 이해하기 시작했죠.

윌리엄이 경력을 쌓기도 했던 선구적인 회사 '아트핑크' 사의 기업 좌우명은 다음과 같았습니다. '기계가 생각하는 프로그래밍은 할 수는 없지만, 사유에 의해 프로그램되는 기계는 프로그래밍을 할 수 있다.'

아직 실용적인 모델을 개발하기에는 뛰어넘어야 할 커다란 간극이 있었기 때문에 초기 시도는 조악했고, 또 번번이 실패의 쓴맛을 봐야 했습니다. 하지만 그 분야의 천재였던 철학자 윌리엄은 포기하지 않았습니다. 아담의 재판이 시작될 무렵 윌리엄은 새로운 종류의 아트핑크 모델, 즉 쌍방향 소통이 가능한 지능을 가진 모델을 개발할 수 있다는 확신에 차 있었습니다.

철학자 윌리엄이 풀어야 할 문제는 새 모델이 더 진화하려면 아이들처럼 멘토와 강력한 쌍방향 소통이 필요하다는 것이었죠. 아트핑크사는 로봇이 지켜보고 대화하고 무언가를 배울 인간 동료가 필요했습니다. 윌리엄은 4년 동안이나 비밀리에 새로운 원형 로봇을 양육했습니다. 성과는 기대보다 훨씬 컸습니다.

그럼에도, 철학자 윌리엄은 새로운 원형 로봇이 - '아트'라는 이름을 붙여주었죠(앞으로는 이 이름을 쓰도록 하겠습니다) - 성장을 멈추지 않을까 두려워했습니다. 윌리엄은 일지에서 그 두려움을 이렇게 표현했습니다.

내가 만들어낸 로봇이지만, 나도 어쩌지 못하겠다. 이건 그동안의 연구가 제대로 된 성과를 낳았기 때문이다. 아트의 발전은 하루하루가 경탄스러울 지경이다. 하지만, 최근에는 놀라움의 비율이 현격히 줄었다. 아트의 행동이 예측 가능한 유형에 따라 움직이는 것은 놀랄 일이 전혀 아니다. 성장 중인 아이들은 다 그렇다. 하지만 아트가 특정 단계에 너무 빨리 도달한 게 아닌가 하는 걱정이 든다. 어쩌면 자식에 대한 자부심이 대단한 부모의 말처럼 들리겠지만, 내 로봇이 훨씬 더 많은 것을 이룰 수 있는 능력이 있다고 확신한다. 문제는 뭐냐 하면, 로봇의

프로그램을 만든 내가 녀석의 발전까지 담당하고 있다는 것이다. 아트가 나를 놀라게 하지 않는 것은, 일정 정도는 녀석에게 내가 더는 놀랍지 않은 존재이기 때문이다. 녀석의 조절 및 수정 기제가 완전히 닫히기 전에 외부 환경에 노출되는 것도, 자극이 없는 환경에서 자란 아이가 되는 것도, 충족되지 못한 호기심이 내 아이에게 남아 있는 것도 내게는 잔혹한 일이다. 슬프게도, 양육원 사건 이후로, 이 과정에 참가해 줄 영리한 지원자를 찾는 게 쉽지 않다.

철학자 윌리엄은 아담의 재판 과정을 실시간으로 보며, 완벽한 해결책을 찾아냈습니다.
윌리엄은 위원회와 접촉해 타협안을 제시했습니다. 위원회는 아담을 처형할 수도 없고, 그렇다고 그냥 감옥에 가둘 수도 없었습니다. 대신, 사회에 대해 아담만이 할 수 있는 책임을 다하게 해서 속죄할 기회를 주는 모양새는 괜찮았습니다. 안전하고 통제 가능한 장소에서 아트와 매일 24시간을 함께 보내게 하는 것입니다.
아담의 추종자들에게는 그러한 조치는 자비로우면서 아담의 특별한 자질을 인정하는 것으로 받아들여졌고, 아담을 비난하는 사람들에게는 실험은 수감시키는 것의 다른 이름이었고, 수반되는 위험도 훨씬 커 보였습니다.
철학자 윌리엄이 공화국의 미래를 특별히 노심초사해서 그런 제안을 한 것은 아니었습니다. 자신이 죽기 전에 – 이미 노인이었으니까요 – 아트의 잠재적인 능력을 최대한 계발하기를 바라는 지극히 개인적인 열망뿐이었습니다.

아담은 영리하고 도발적이었고, 아트의 자극제로서는 적임자였습니다. 금상첨화로, 아담은 그 제안을 거절할 수 있는 처지가 아니었습니다. 한편 제안을 받은 위원회는 인공지능 프로그램의 전망은 관심 밖이었고, 오직 하나, '지금 이 제안이 우리가 빠진 구렁텅이에서 꺼내 주는 방안으로서 적절한가?' 하는 판단뿐이었습니다.

시험관 아담이 처음 그 제안을 들었을 때 어떤 반응을 보였습니까?

아낙시맨더 제가 기억하기로 아담의 첫마디는 '제거되는 것보다는 훨씬 낫네요.' 였습니다.

선임 시험관이 갑작스레 몸을 일으켜 다른 시험관과 차례로 시선을 교환하더니 고개를 끄덕였다.

시험관 자, 2교시도 끝났습니다. 다시 잠시 쉬었다 하죠.

두번째
휴식시간

다시 문이 열리고, 이번에는 아낙스가 좀 나은 기분으로 밖으로 나올 수 있었다. 시험관 앞에서 말한 내용은 페리클레스 선생님과 함께 했던 연습의 한 과정과 조금도 다르지 않았다.

이번에는 대기실에 낯선 사람이 없어서 아낙스는 오롯이 생각에 빠질 수 있었다. 생각은 자연스레 아낙스의 소중한 선생님, 페리클레스를 처음 만났을 때로 흘러갔다.

아낙스가 즐겨 찾는 곳이 있었다. 도시가 내려다보이는 산등성이었다. 수업이 끝나면 찾아갔다. 대개는 혼자 갔다. 외톨이는 아니었지만, 친구들은 두 발로 걷는 것을 꺼려했다. 친구들에게 '멋진 일몰을 놓치는 거야.' 라는 문자메시지를 날려 보내곤 했지만, 돌아오는 대답은 늘 같았다. '나중에 다운로드 받을게.' 학생들 사이에서 유행하던 말이었다.

졸업반이 되었을 때, 아낙스는 자신이 처음으로 다른 이들과 다르다는 것을 깨달았다. 어느 날 예고도 없이 마치 학교 친구들이 같은 전염병이라도 앓은 듯, 일제히 자신을 냉담하게 대하였다. 마치 그 모든 변화의 과정이 자신만 쏙 빼놓고 진행된 것 같았다.

아낙스는 그런 감정을 친한 친구인 탈레스에게 설명해보려고 했다.

"나한테 뭔가 잘못된 게 있는 것 같아."

"무슨 뜻이야?"

"어, 뭐랄까, 나는 너희랑 다른 것 같아. 함께 공부하는 게 좋기는 해. 그런데 너희끼리 하는 이야기는 이해를 못 하겠어. 잡담 말이야. 옛날이 그리워. 같이 놀던 때가."

"그냥 어른이 되는데, 너는 시간이 좀 더 걸리는 것뿐이야." 탈레스의 말은 머지않아 곧 고민이 해결될 거라는 위로로 들렸지만, 아낙스는 자신이 없었다.

그래서 그해 여름 매일 수업이 끝나면, 곧장 아파트로 돌아가 세 번 연속으로 번쩍번쩍 형광등을 켜는 대신 – 그 불빛은 그저 지나가는 뇌우처럼 느껴질 뿐이었다 – 먼 길을 돌아 언덕을 오르곤 했다. 날이 길어지고 북쪽의 아지랑이가 짙어질수록 일몰은 더욱 장관을 이루었지만, 꼭 노을 구경 때문에 간 것은 아니었다. 세상 끝에 서 있는 느낌 때문이었고, 풍광 때문이었다. 언덕 꼭대기에서는 은빛으로 반짝이는 물결도 보이고, 한때 해양방벽을 지지했던 거대한 철탑들의 어두운 그림자도 보였다. 왼쪽으로는 폐허가 된 구시가지가 보였다. 너무 비대해져서 힘없이 무너져버린 지구가 다시 떠올려지는 곳이었다. 그런 식으로 이곳 경치를 이야기하는 사람은 없었지만.

정규 교육과정의 마지막 해에, 우등생들은 전공과목을 정하게 된다. 아낙스는 수석이 아니었지만 성적이 좋았다. 아낙스 전공인 아담 전설은 유별날 게 없었다. 초등학교에 입학하면 누구나 듣는 이야기다. 하지만 다른 학생들과 다르게 아낙스는 그 이야기에 유난히 끌렸다. 그것이 매번 언덕 위를 오르는 진짜 이유라는 것도 자신만은 알았다. 바다 너머의 전망, 아담이 망루에서 바라보았던 바로 그 풍치. 아담이 매일 밤 찾아가 먹고 논쟁하고 여인을 유혹했던 죽은 도시해양방벽의 유적. 매일 학교에서 아담의 삶의 아주 세세한 부분까지 생각했고, 수업을 파한 뒤엔 언덕에 올라서면 생각이 더 많아졌.

아낙스는 그 언덕에서 다른 사람을 본 적이 없었다. 길은 좁고 눈에 잘 띄지도 않는 외진 곳이었다. 그래서 멀리서 낯선 이가 '스캔' 되었을 때 긴장했다. 필요하면 위험 신호를 보낼 수도 있겠지만, 누군가 도와주러 오는 데에는 시간이 꽤 걸릴 것 같았다. 당시는 평화로운 시기였지만, 이런저런 흉흉한 소문이 떠돌았기에 세심한 주의가 필요했다.

낯선 이쪽에서도 아낙스를 스캔하고는, 안심한 듯 석양으로 고개를 돌렸다. 그게 페리클레스와의 첫 만남이었다. 산들바람에 휘날리는 페리클레스의 긴 머리칼이 석양의 빛을 받아 녹색으로 빛났다.

아낙스가 먼저 말을 걸었다. "제 이름은 아낙스예요."
"스캔을 해 보니 그렇게 나오네요."
"그게 예의인 것 같아서요. 선생님은 페리클레스네요."
"맞습니다."
"여기서 뭐하세요? 페리클레스!"
"해가 지는 걸 구경합니다."
"전에는 뵌 적이 없는 것 같은데요."
"나도 그쪽을 본 적이 없습니다."
"저는 매일 여기 오거든요."
"나는 매일 오지는 않아요. 그래서 그동안 못 만났군요."
그건 상투적인 대화였다. 페리클레스에게는 대화도 하나의 게임이었다. 일단 함께 하다 보면, 중독되는 그런 게임. 페리클레스는 아낙스의 친구들처럼 바보같이 이야기하지 않았다. 페리클레스는 단어를 신중히 잘 선택했다. 왜냐하면 발음 때문이기도 했고, 또 말이 생각을 형성한다고 믿기 때문이었다. 어쨌든 페리클레스는 그렇게 말했다.

페리클레스는 아낙스보다 다섯 살 위였고 미남이었다. 그렇게 둘은 지구가 태양을 향해 등을 돌리는 것을 지켜보았고, 신시가지로 내려오는 길을 함께 걸었다. 길이 끝날 무렵, 아낙스는 페리클레스를 다시 만나고 싶다는 생각이 들었다. 아낙스에게는 그런 일이 없었지만, 그때는 자신도 자신을 막을 수 없었다. 어느새 말을 건네고 있었고, 페리클레스의 얼굴에 번지는 미소를 봤을 때는 되레 안도가 되기까지 하였다.

"내일도 나오실 거예요?"

"그쪽이 나오면요." 페리클레스가 대답했다.

"매일 나온다고 말했잖아요."

"그럼, 내일 봅시다."

아낙스는 그 소식을 친구들에게 메시지로 알리지 않았다. 사실 페리클레스와의 만남에 대해서는 누구에게도 말하지 않았다. 너무나 새롭고 생소한 느낌, 곧 깨질 것 같은 느낌 때문이었다. 세상 밖으로 꺼내놓으면 곧 산산조각이 나버릴 것 같았다.

페리클레스는 다음 날에도 그 자리에 있었고, 그다음 날도… 아낙스는 자신의 공부와 아담에 대해서, 아담이 세운 이정표에 대해서도 줄줄 쏟아냈다. 그러자 페리클레스는 자신이 학술원 준비를 담당하는 지도교사라고 했다. 아낙스는 갑자기 바보가 된 기분으로, 공자 앞에서 문자 쓴 것에 대해 사과했다. 페리클레스는 상냥하게 웃으며, 아낙스가 남다른 지식과 열정이 있다고 추어주었다. 아낙스는 그 말을 귓등으로 들었지만, 그저 예의상 한 말이라는 것을 알면서도, 마음이 따뜻함으로 차오르는 것은 어쩌지 못했다. 페리클레스는 학술원에 지원해보는 게 어떻겠냐고, 자기가 지도교사가 되어주겠다고 했다.

처음엔 농담인 줄 알았다. 최고 중에서도 가장 뛰어난 학생들이 지원하는 곳이 학술원이었다. 게다가 3년의 과정을 거치고 나서도 합격하는 사람은 1퍼센트도 되지 않는다고 했다. 아낙스는 그렇게 뛰어난 학생은 아니었다. 그런 계급이 아니었다.

"그건 알 수 없는 거야." 페리클레스가 말했다.

"그럴 리도 없지만, 제가 성적이 된다고 해도 수업료를 어떻게 감당해요."

"후원자를 찾아봐 줄게."

"아니, 그러지 마세요. 놀리면 싫어요. 지금 비웃는 거죠? 너무 잔인해요. 그렇게 잔인하면 못써요."

"아니야." 페리클레스가 말했다. 침착한 중저음의 목소리. 그 뒤 3년 동안 아낙스의 삶을 채운 목소리였다. "농담 아니야. 쓸데없는 소리 안 해."

페리클레스는 약속을 지켰다. 아낙스에게 공부할 자료를 주고 예비 시험 일정도 잡아주었다. 아낙스가 최상위권에 들자 자신도 놀라고 친구와 선생님들도 놀랐다. 그리고 나니 후원자를 찾는 것도 쉬운 일이 되었다.

쉽고 간단한 일은 거기까지였다. 시험을 준비하는 과정은 상상 이상으로 녹록찮았다. 하지만 언제나 페리클레스가 함께했다. 부담이 커지면 두 사람은 함께 언덕 위로 올라가 말없이 나란히 서서 과거를 돌아보았다.

아낙스는 자신의 머릿속에 들어가서 과거를 추억했다. 그러면 좀 편안했다. 학술원은 최고의 엘리트 기관이었다. 학술원 회원은 지도자에게 조언을 할 수 있는 자리였다. 오직 학술원 회원만이 실험하고 공화국의 지적 경계를 넓혀갈 수 있었다. 공화국 미래의 청사진을 그리는 것도 이들뿐이었다.

페리클레스는 아낙스 안에 아낙스 자신도 미처 깨닫지 못한 큰 잠재력이 있다고 말해왔는데, 막상 시험에 닥친 지금 그 말이 더는 의심되지 않았다. 아낙스는 아담의 이야기를 잘 알았다. 그것에 대해 더 잘 알 수도 없을 것 같았다. 아낙스는 페리클레스를 실망시키지 않을 것이다.

문이 열리는 소리에 눈을 떴다. 아낙스는 다시 시험관들 앞으로 걸어가서는 허리를 곧추 세우고 의자에 앉았다.

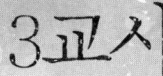

너는 인간의 수명이 짧다고 비웃었지만,

바로 그 죽음에 대한 두려움이 삶에 생명을 불어주는 거야.

나는 사유에 대해 생각하는 사상가지.

내가 호기심이고 이성이고 사랑이고 증오인 거야.

나는 무관심이기도 하고,

한 아버지의 아들이고,

그 아버지는 또 누군가의 아들이지.

3교시

시험관 이번 시간에는 아담이 아트와 함께 보낸 시기를 소상하게 이야기해 보는 게 좋을 것 같습니다. 홀로그램은 준비했죠?
아낙시맨더 네. 두 편 모두 로딩을 마쳤고, 작동만 하면 됩니다.

지원자는 공부한 주제의 핵심을 보여주는 홀로그램을 두 편 준비해야 했다. 페리클레스는 초소에서 있었던 아담과 조지프의 대화를 보여주는 게 어떻겠냐고 제안했지만, 아낙스는 아트와 아담의 대화에 집중하는 게 낫다고 고집을 부렸다.

시험관 그 시기를 재현하는 데 어떤 자료들을 활용했죠?
아낙시맨더 물론 공식 기관에서 제공한 녹취록을 사용했고, 2차 자료도 참고했습니다. 가장 최근에 그 사건을 다룬 책을 출간한 저자 두 분과도 인터뷰했습니다. 많은 자료를 자료제출기한에 맞춰 제출했는데요, 혹시 다른 걸 말씀하시는 건 아닌지요?
홀로그램을 제작하기 전에 녹취록을 놓고 페리클레스 선생님과도 논의를 참 많이 했습니다. 녹취록에 기록되지 않은 기간 동안 어떤 일이 있었을지 생각해 보았죠. 우리는 소크라테스식 문답법을 활용해 해석을 덧붙였습니다. 서로를 의심하며 우리의 이해력을 높였습니다. 제가 알아낸 전부는 의심에서 출발해서 얻은 것들이었습니다. 원하셨던 대답인지는 모르겠지만⋯.

시험관 홀로그램을 준비하면서 가장 어려웠던 점은 무엇이었죠?

아낙시맨더 이런 발표를 앞둔 지원자라면 누구나 부딪쳤을 문제라고 생각합니다. 제가 받은 녹취록에는 온통 글밖에 없었으니까요. 대화 당사자들이 대화할 때 서로를 어떻게 존중했는지, 예를 들면 어조는 어땠는지, 시간이나 태도는 어땠는지는 전혀 알 수 없었습니다.

시험관 그럼, 해석상의 문제를 어떻게 극복했습니까?

아낙시맨더 대화 당사자들의 의도를 이해해 보려고 노력했습니다. 모든 것은 의도에서 비롯된다고 믿어요.

시험관 두 당사자 모두의 의도 말입니까?

아낙시맨더 네, 둘 다요.

시험관 일단 보고 나서 더 질문하도록 하겠습니다. 이제 보도록 하죠.

아낙스는 자기 앞에 선 한 남자와 기계로봇을 보았다. 그 이미지는 많은 시간 수정하고 다듬어가며 재현해낸 이미지였다.

페리클레스는 그 시간 동안 함께 할 수 없었다. 규정상 금지되어 있었다. 어쩌면 그 때문에 아담을 재현하는 데 더욱 열정을 쏟을 수 있었는지 모른다. 홀로그램의 영상을 오로지 혼자서 만들어냈고, 막상 그 남자가 자신의 눈앞에 나타나니, 자신이 택했던 파격 때문에 아낙스의 얼굴이 발그레해졌다.

영상 속의 아담은 스무 살이다. 실제라면 금발 머리칼이 더 짙었겠지만, 아낙스는 밝은 금발로 했다. 사진에선 더 짙던 눈동자도 영상에서는 죄수복 색깔에 맞춰 투명한 푸른색으로 바꾸었다. 아낙스는 자신이 만든 홀로그램을 지금처럼 정교한 영사기로 본 적이 없었다. 이미지가 생생해 뒤로 주춤 물러날 정도였다. 꼭 눈앞에 아담과 기계로봇이 실제로 나타난 것 같았다.

아담은 손이 뒤로 묶인 채, 무릎을 꿇고 바닥에 앉아 아트를 외면하고 있었다. 아트 같은 안드로이드[5]의 존재 따위는 인정하지 않겠다는 듯한 태도였다.

아트를 재현하는 작업에는 상상력을 발휘할 여지가 없었다. 땅딸한 철제 몸통은 아담의 무릎 정도 높이였고, 접을 수 있는 이동용 트랙 세 개는 폐기물처리 산업로봇에서 영감을 받아 제작된 것 같았다.

---

5) **안드로이드** 인간과 똑같은 모습을 하고 인간과 닮은 행동을 하는 로봇 또는 그런 지적 염색체.

힘줄이 있는 기다란 팔은 수압압축 방식으로 움직였는데, 그 끝에 손가락이 셋 달린 손 – 고전기 이전 만화에 대한 철학자 윌리엄의 각별한 애정을 증거하는 부분이었다 – 이 붙어 있었다. 박사의 장난기가 최고로 발휘된 부분은 머리통이었다. 아트는 눈이 툭 튀어나오고 입이 축 늘어진 오랑우탄의 얼굴이었다. 쉴 틈 없이 주변을 살폈고, 이를 드러내고 웃는 웃음은 무언가를 조롱하는 것처럼 보였다. 그리고 오렌지색 털이 얼굴 전체를 덮었다.

아담과 아트는 아낙스와 시험관들 사이에 정지 상태로 서 있었다.

시험관 이 홀로그램이 보여주는 시기가 정확히 언제죠?
아낙시맨더 첫째 날입니다. 아담이 연구소에 이송되고 20분이 지난 시점이죠. 아직, 둘은 한 마디도 나누지 않았어요.
시험관 봅시다.

아트는 호기심이 나 어쩔 줄 모르겠다는 듯, 아담 주위를 부산스럽게 맴돌았다. 움직이는 트랙의 기계음만이 방 안을 채웠다. 아담은 고개를 숙인 채 반응을 거부했다. 아트의 목소리는 생각했던 것보다 톤이 높았고, 말끝이 부자연스럽게 발음되었다(현재까지 남아 있는 녹음자료를 들어봐도 그랬다. 아낙스는 한 달 정도의 지난한 문의 끝에 그 자료를 구할 수 있었다).

"그러니까, 이게 당신의 계획입니까?" 안드로이드가 물었다. 아담은 벽만 쳐다봤다. 아트가 말했다. "전략을 다시 세우는 게 낫지 않을까요? 상대방이 지칠 때까지 기다리는 거라면 제가 훨씬 더 유리합니다."

아트는 대답을 기다렸지만….

아트가 아담 주위를 한 바퀴 돌아 정면에 섰다. 아담은 원숭이 로봇을 슬쩍 힐금거리고는, 이내 시선을 바닥으로 떨어뜨렸다.

"인내심이라면 제가 당신보다 더 강하답니다." 아트가 아담을 슬쩍 찔러 보았다. "아무것도 하지 않는 거라면 저를 당해낼 인간은 없습니다."

"인내심이 많다면서…." 아담이 들릴 듯 말 듯 중얼거렸다. "왜 계속 나불거려! 주둥이 닥쳐."

"저는 인내심만 강한 게 아니라 전략도 잘 세웁니다."

"내가 필요 없다는 말처럼 들리는데?"

"아뇨, 오히려 당신에게 제가 필요합니다."

"내게는 깡통이 필요 없다는 거, 너도 알 것 같은데."

안드로이드는 뒤로 물러났지만, 시선은 아담에게서 거두지 않았다. 아트는 가만히 서서 아트를 쳐다봤는데, 눈 깜빡임을 제외하면 생명체라고 할 수 없을 것 같았다.

"당신이 이렇게 협조하지 않는 모습을 보면 당국에서 어떻게 할지 생각해 보셨습니까?"

"처치할 거라면 벌써 단두대로 모셨겠지." 아담이 여전히 시선을 바닥에 두었지만 분노를 숨기지 않았다. "이건 정치적인 결정이야."

"하지만, 여기에 온 이상, 기회를 저버리는 건 정말 어리석은 짓입니다."

"그건 네 생각이고, 그냥 나를 내버려둬."

"왜 저를 바라보지 않는 거죠? 제가 무서운가요?"

"네가 어떻게 생겼는지 다 아는데, 눈 더럽힐 일 있냐?"

아트는 방을 돌며 다른 각도에서 아담을 쏘아봤다. 아담은 경계하는 눈빛으로 그 움직임을 좇았다. 긴 침묵이 이어졌다. 1분은 족히 지난 것 같았다. 녹취록에는 없는 침묵이었다. 아낙스가 추가한 것이었는데, 아무래도 시간을 길게 배정한 것 같아 신경이 쓰였다.

"우리는 친구가 될 수 있어요." 마침내 아트가 다시 입을 열었다. 자신감이 결여된 목소리였다.

"너는 깡통기계잖아."

"거지가 이것저것 따져가며 적선 받을 순 없습니다."

"그럼, 여기 수갑이나 벽하고도 친구가 될 수 있겠네." 아담은 독백하는 사람처럼 벽만 쳐다봤다.

아낙스는 아트를 응시했다. 커다란 눈망울에 가득한 슬픔을 보니 안됐다는 생각이 들었다. 그러나 그런 생각을 애써 외면하며, 시험관이 어느 부분에서 질문할지 생각해봤다.

"어차피 당신의 선택이었습니다."

"아니까 다행이다."

"그럼 수갑이랑 노시게 내버려 두겠습니다. 그래도 저는 여기 있을 테니까, 생각이 바뀌면 알려주세요. 기다리겠습니다. 저는 인내심이 많습니다. 입 닫고 있어 보죠! 뭐."

아담은 자세를 고쳐 앉으며 안절부절못했다. 좌절한 듯 숨을 깊게 들이마셨다가 길게 내뱉었다. 눈을 질끈 감았다. 아트가 다시 입을 열었다.

"수갑이 당신한테 꼭 붙어 있네요. 좋은 징조 같아요. 친구라면 당연히 그래야 합니다."

"주둥이 좀 닥쳤으면 좋겠는데."

"당신 신분이 죄수라는 건 압니까? 모르나요?" 아트는 전보다 거칠어진 목소리로 대꾸했다. "당신의 호불호가 우선사항이 될 수 없다는 거 아시잖아요."

아담이 안드로이드에게 몸을 돌렸다. 아트는 깜짝 놀라 무춤했다.

"우리 거래할까?" 아담이 말했다.

"저는 그저 기계로봇일 뿐이라면서… 저랑 거래해서 뭐하시게요?" 아트가 따졌다.

아담은 아트의 비아냥거림을 무시했다. "만약에 내가 너랑 말을 섞어야 한다면, 딱 10분만 할당할게. 그런 다음에는 주둥이를 꽉 닫치겠다고 약속해 줘."

"15분 하시죠."

"너를 프로그래밍 한 인간도, 한 성질 하는 모양이구나."

"저는 자체 프로그래밍합니다. 아무튼 칭찬은 감사합니다."

"자체 프로그래밍 같은 건 없어."

"당신은 자체 프로그래밍 합니다."

"나는 기계가 아니야."

아트가 갑자기 앞으로 튀어나왔다. 눈은 사뭇 흥분한 듯 반짝였다. 아담은 식겁하여 한 발짝 뒤로 물러났다.

"그 이야기를 했으면 합니다." 아트가 제의했다.

"무슨 이야기?"

"기계를 기계로 만드는 게 무엇인가 하는 이야기요. 약속한 15분이 시작되면 말입니다."

"벌써 시계는 찰칵찰칵 가고 있거든."

"그럼, 대화 시간은 15분이라는 거 동의하신 거죠?"

아담은 웃었다. "그래. 하지만 이미 5분 전에 시작한 거야."

"알겠습니다. 성공하셨네요."

"근데 너 정말 구역질나게 못생겼다. 너도 알지?" 상대방과의 거리를 재기 위해 잽을 던지는 권투선수처럼 아담은 상체를 앞으로 기울이며 쏘아붙였다. 아트는 이를 드러내며 웃었. 로봇의 아랫입술에 침이 고인 게 마치 배배 꼬인 심사를 보여 주는 것 같았다.

"저는 제 모습이 매력적이라고 생각하도록 프로그래밍 되었습니다."

"제기랄, 아까는 자체 프로그래밍 한다고 하더니?"

"현명한 판단이었습니다. 그렇게 생각하지 않으세요?"
"못생긴 건 못생긴 거야. 네가 어떻게 보든."
"흥미로운 단정이군요. 증명해 보세요."
"여기 스무 사람이 있다고 쳐." 아담이 내쳐 말했다. "모두 이구동성으로 소리칠걸. 네가 참 지지리도 못생겼다고!"
"만약 저희 스무 명이 있다면 우리는 전부 당신 궁둥짝이 얼굴보다 더 예쁘다고 할 겁니다." 아트가 대답했다.
"너는 스무 명이 없잖아."
"맞습니다. 당신 말이 맞습니다. 저는 유일하죠. 그러니까 모든 안드로이드는 당신이 못생겼다고 생각한다고 자신 있게 말할 수 있습니다. 하지만 모든 사람들이 다 제가 못생겼다고 생각하지는 않을 겁니다. 그러니까 산술적으로 보면, 제가 당신보다 더 잘 생긴 겁니다. 객관적인 기준으로 봤을 때는요."
아담은 아트를 쳐다보았다. 아트의 겉껍데기에서 이 기이한 상황을 설명해 줄 단서를 찾는 눈빛이었다. 아트는 자신을 관찰하는 아담의 눈빛을 살폈다.
"계속 떠들어야 합니다. 입 다물고 있는 시간은 계산에 안 들어갑니다. 말이 없는 시간은 제하도록 하겠습니다."
아담은 일언반구도 않았다. 다시 벽 쪽으로 물러났다. 얼굴에 깊은 주름이 생기고 눈빛도 어두워졌다. "정말 웃겨." 아담이 뇌까렸다.
"뭐가 웃깁니까?"

"너랑 깝죽대는 거 말이야. 여기까지 하자. 요점이 없어."
"요점은…." 아트가 말했다. "우리가 거래를 체결했다는 겁니다. 저랑 이야기 끝낸 다음에는 조용히 지낼 수 있어요."
"너랑 안 지껄이면 똑같잖아."
"제가 얼마나 사람을 귀찮게 할 수 있는지 체험하고 나면 놀라실걸요. 왜 저랑 이야기하기 싫으신 거죠?"
"너도 알잖아."
"그건 당신 편견입니다. 안 그렇습니까? 당신은 인공지능에 대해 나쁜 편견을 가졌습니다."
"인공(가짜)지능 같은 건 없어." 아담이 대답했다. 대화에 말려든 게 화가 났지만 어쩔 수 없었다. "개념 자체가 모순이잖아."
"만일 제가 여자였다면, 말하기가 싫지는 않으셨겠죠?"
"여자가 너 같이 생겼다면, 술부터 한 잔, 안 할 수 없겠지. 그래 줄 수 있어? 술 한 잔 갖다 줄 수 있냐고?"
"군인 계급은 음주가 금지되어 있습니다."
"이제 군바리 아니잖아. 계급을 박탈당했으니까."
"당국은 제가 술 취한 사람에 의해 프로그래밍 되는 걸 허용하지 않습니다."
"널 프로그래밍 할 생각 없어."
"아니, 하고 계십니다. 다른 사람과의 쌍방향 소통을 통해 저는 제가 누군지 알게 됩니다. 지금까지 저는 그저 윌리엄일 뿐이었습니다. 오해는 하지 않았으면 합니다. 저는 윌리엄을 아버지처럼 사랑하지만, 때가 되면 아이는 자기 길을 찾아 세상으로 나가야 합니다. 그렇게 생각하시죠? 아버지… 당신께 죄송합니다… 아버지를 입에 올린 건 생각이 짧았습니다. 이런 게 바로 아버지 윌리엄의 한계입니다. 시대가 우리와는 다르죠. 혹시 당신은 공화국이 세워지기 전에 태어났으면 하고 바랐던 적이 있습니까?"

"너랑 정치 이야기를 하면 안 될 것 같은데."

"왜요?" 아트는 이해가 안 된다는 듯 물었다.

"사람들이 지켜보잖아. 나도 바보멍청이는 아니야. 이게 다 무슨 꿍꿍이인지 안다고."

"무슨 꿍꿍이입니까?"

"뭐겠어? 선전선동이지. 지금 이것을 공동체에 대대적으로 틀 게 아냐, 안 그래?"

"대단히 편집증적인 생각입니다."

"이제 주둥아리 닥쳐. 게임 끝이야."

"아직 시간 안 됐는데요."

"너네들은 시계도 안 줬잖아. 내 짐작으로는 거의 1시간은 지난 것 같은데. 1시간 안 됐어?"

"7분 지났습니다."

"5분 더하면 거의 다 된 거잖아."

"결국은 제가 좋아지실 거예요. 저랑 도란도란 이야기하고 싶어지실걸요."

"윌리엄 아빠가 이야기 안 했어? 너네 아빠가 만든 로봇이 아이들을 살해한 살인마라고 이야기 안 했어?"

"그래서 불안하십니까?"

"그것 말고도 걱정할 건 많아."

"걱정하지 마세요. 그들이 기술적 결함을 알아냈으니까요. 초기 사십 년 동안, 소위 확장의식 분야의 주된 논쟁은⋯."

"뭐?"

"확장의식이요. 의식 상태를 기계적으로 복제하는 연구를 말합니다."

"인공의식 같은 건 없다니까."

"저는 의식이 있는데요."

"아니, 없어." 아담의 눈은 확신으로 들끓었다. "너는 그냥 전기 스위치를 복잡하게 연결해놓은 깡통일 뿐이야. 내가 소리를 내면 그게 네 데이터 은행에 들어가는 거지. 그 소리가 네게 기록된 단어와 일치되면 네 프로그램이 자동반응을 보이는 거야. 그게 어쨌다고? 나는 너한테 말을 하는 거고, 너는 그냥 소리를 내는 거야. 내가 이 벽을 차도 소리는 나. 뭔 차이가 있냐? 이 벽도 의식이 있다고 보는 거야?"

"벽에 의식이 있는지 없는지 저는 모릅니다." 아트가 대답했다. "직접 한 번 물어보시죠?"

"그만해라!" 아담은 콧방귀를 뀌었지만, 아트도 물러나지 않았다.

"저는 제가 의식이 있다고 생각합니다. 뭐가 더 필요합니까?"

"사람들이 그렇게 프로그램을 짜놓은 것뿐이야. 이 찌빠야."

"그 점을 부정하지는 않겠습니다. 그럼, 당신은 당신이 의식이 있다는 걸 어떻게 아십니까?"

"정말 너라는 물건에 생각이 담겨 있다면 그걸 물어보지도 않을 거야. 의식이 있으면, 그냥 아는 거야."

"저도 그렇게 생각합니다." 아트가 말했다. "정말 안다고 생각합니다."

"시간 다 됐거든." 아담이 선언하듯 말했다.

"1분 남았습니다."

"좋아, 남은 시간 동안은 네 시계가 얼마나 정확한지에 대해 이야기해보지, 뭐."

"제가 시간을 재고 있습니다."

"나도 속으로 세고 있었어."

"그럼, 시간이 다 됐다면서 왜 계속 이야기하십니까?"

아담은 안드로이드를 쳐다봤다. 아담의 턱 선에 긴장감이 서렸다. 침묵이 둘 사이를 빈틈없이 채웠다. 눈물이 아트의 눈에서 나와 어둡고 주름진 얼굴을 따라 흘러내렸다.

시험관들이 홀로그램을 멈추자, 이미지는 허공을 맴돌다 사라졌다. 아낙스는 시험관들 쪽으로 고개를 돌렸다. 홀로그램을 볼 때마다 치

미는, 설명할 수 없는 감정을 삼키려 애썼다.

시험관 흥미로운 영상이군요. 지원자의 해석에 질문이 필요할 때면 그때그때 멈추도록 하겠습니다. 이 부분에서 왜 아트가 눈물을 흘리는 거죠? 녹취록에는 그런 언급이 없군요.

아낙시맨더 녹취록에는 감정에 대한 언급이 거의 없습니다. 당국에서는 아담과 아트가 어떤 식으로든 관계 맺기를 바랐던 같고, 그 목적을 위해 이용가능한 모든 방법을 다 동원한 것으로 보입니다.

시험관 아담이 로봇 동료에게 어떤 감정을 가졌는가는 역사학자들 사이에서 여전히 논쟁거리입니다. 지원자가 보기에 초기에 무슨 일들이 있었던 것 같습니까?

아낙시맨더 아담은 화가 나 있어요. 그건 녹취록만 봐도 알 수 있습니다. 말에 담긴 공격성을 보면 다른 결론을 내리기는 어렵겠죠. 문제는 그것이 어떤 종류의 분노인가 하는 것입니다. 영웅의 분노일까요? 아니면 그냥 원초적인 분노일까요? 저는 둘 다 아니라고 봅니다. 이 시기의 아담을 이야기할 때 사람들이 자주 인용하는 반항심을 일부러 언급하지 않았습니다. 제가 보기엔 아담은 반항적이지 못합니다. 아담은 겁을 먹고 있는 거죠.

시험관 아담의 유약함에 대해 지원자는 개인적으로 어떻게 생각하나요?

아낙시맨더 개인적인 느낌까지 말해야 하는 줄은 몰랐는데요. 역사학도로서 저는 그저….

시험관 아담의 이런 모습을 보면 어떤 느낌이 들죠?

시험관이 한 방 먹였다. 아낙스는 어찌할 바를 몰랐다. 개인적인 느낌? 개인의 주관적인 느낌을 말하는 것이 역사학도의 일이 아님은 분명했다. 그건 심지어 누가 강요해 대답해도 역사학도의 입장에서는 어처구니없는 일이다. 아낙스는 이 주제를 피하고 싶었다.

아낙시맨더 구체적인 다른 느낌이 없습니다. 그래서 홀로그램을 제작하는 과정도 힘들었고요. 제 느낌이 어떤 건지는 저도 모르겠습니다. 모호한 감정입니다. 그럼에도 아담을 재현해냈고, 그 과정에서 아담의 행동 중 한 측면을 무시했다는 것도 압니다. 마치 퍼즐 조각 중 한 조각이 없어진 줄도 모르고 퍼즐을 계속 맞추려는 어린애 같아 보이겠죠. 죄송합니다. 질문을 피하는 것처럼 들린다는 것, 저도 알고 있습니다.

시험관 홀로그램이 지원자의 생각을 웅변하는 것 같습니다. 계속 보도록 하지요.

다시 이미지가 떠올랐다. 얼어붙은 듯한 아담과 아트.

시험관 아담은 지금 어떤 기분입니까? 바로 이 장면에서요. 지원자의 언어로 설명했으면 하는데.

아낙시맨더 안드로이드와의 대화에 휘말린 자신에 대해 화가 나 있는 상태입니다. 바보 같은 짓을 하고 있다고 판단한 거죠. 아시겠지만, 저는 아담이 계산적인 사람이 아니라 직관적인 사람이라는 입장입니다. 단지 자신의 마음을 따랐다는 이유만으로 체포된 것에 대해 부당하다고 느끼고 있습니다. 따라서 자신을 둘러싼 계획에 협조하지 않는 게 그나마 자기 방어적인 행동이라고 믿고 있는 거죠.

또한, 아담은 어떤 면에서는 충격을 받은 상태라고 할 수 있습니다. 재판정에서 철학자 윌리엄은 아트는 아직 개발 초기 단계에 있다고, 어린애에 가까운 상태라고 증언했지만, 우리가 본 아트는 정교한 추론을 할 수 있었습니다. 그 점이 아담을 혼란스럽게 했겠죠. 군인 생활을 하면서 접했던 안드로이드들은 원시적인 모델들이었으니까요. 아담에게 그것이 얼마나 큰 충격으로 다가섰는지를 간과해서는 안 됩니다. 저는 아담이 두려워 한다고 생각합니다. 그 점을 보여 드리고 싶었습니다.

시험관 아트에게 두려움을 느꼈다는 말입니까?

아낙시맨더 아트를 단순히 기계로만 대하는 게 얼마나 어려운지를 인지하게 되었다고 생각합니다.

시험관 알겠습니다. 그럼 계속 보도록 하죠.

아담은 여전히 손이 뒤로 묶인 채 벽을 마주하고 있었다. 표정은 어두웠다. 아담이 몸을 앞뒤로 흔들기 시작했다.

방 한가운데에 아트가 꼼짝 않고 서 있었다. 가끔 껌벅이는 눈만이 깨어 있음을 알려 줄 뿐이었다.

그 일은 갑자기 벌어졌다. 아담이 몸을 돌려 일어섰다. 당국은 아담이 군화를 그대로 신도록 내버려 두었는데, 이해할 수 없는 실책이었다. 아담의 발차기는 무자비하고 정확했다.

철제 흉상에서 아트의 머리가 떨어져 날아갔다. 눈이 돌아가고, 너덜너덜해진 목의 절단면의 전선들에서 불꽃이 튀었다.

경비원들이 방으로 몰려왔다. 아담은 얼굴을 바닥에 쳐 박은 자세로 제압당했다. 어깨가 무릎에 닿을 정도로 눌려 단말마의 비명을 내뱉었다.

다음 장면은 전체 홀로그램에서 가장 섬뜩한 광경이었다. 안드로이드의 머리 없는 몸통이 머리를 찾아 온 방 안을 뱅글뱅글 돌아다녔다. 머리를 찾은 몸통은, 그걸 집어 들고 방을 빠져나갔다. 아담은 그런 초현실적인 광경을 오롯이 지켜봤다. 아담이 부들부들 떨었다.

시험관 참으로 경악스럽군요.

아낙시맨더 어떤 점에서요?

시험관 기록 자료를 재현하라고 했을 텐데, 임의로 많은 장식물을 주렁주렁 달았군요.

아낙시맨더 녹취록에도 이 부분에 대한 설명은 있었습니다.

시험관 경비원들의 대처는 없었죠. 아트가 머리를 찾아 돌아다니는 것도 없고요. 지원자는 혹시 엔터테인먼트 산업 쪽으로 진출하고 싶은 건가요?

아낙시맨더 우리는 이 이야기를 잘 알아서, 당시 아담에게 이 상황이 얼마나 낯설었는지 상상하기 어렵습니다. 저는 그 생경한 느낌을 보여 드리고 싶었습니다.

시험관 이런 야단법석은 눈에 많이 거슬립니다. 앞으로도 이럴 건가요?

아낙시맨더 지나치게 캐릭터화했다고 생각할 수도 있지만, 저는 그렇지 않습니다.

시험관도 아낙스의 반발에 당황했지만, 아낙스가 순간 느낀 당혹감에 비하면 아무것도 아니었다. 시험관의 의견에 정면으로 맞서다니! 그 말이 어디서 튀어나온 건지, 그리고 이렇게 뱉고 나서 찾아오는 이 만족감의 정체가 무엇인지 아낙스 자신도 몰랐다. 시험관들은 사과를 기다렸지만, 아낙스는 아무 말도 하지 않았다.

아낙시맨더 다음 장면은 다음 날 아침입니다. 봐도 되겠습니까?

선임 시험관이 고개만 끄덕일 뿐, 입을 앙다물고 있었다.

아담은 이제 손과 발이 모두 묶여 있었다. 부은 콧잔등에 짙은 멍이 들었고, 유니폼에는 피가 묻어 있었다. 문이 열리고 아트가 들어왔다. 아담은 눈길을 피했다.

"저, 보고 싶었습니까?" 아트가 물었다. 목소리에 장난기가 물씬 묻어났다.

"죽었다고 생각했는데…." 아담이 중얼거렸다.

"그 정도론 끄덕없습니다."

"시간은 많으니까…."

"당장 저를 어떻게 할 것 같지는 않습니다. 아프십니까?"

"괜찮아."

"다행입니다. 당신이 다치지 않았으면 좋겠다고 생각했습니다. 제 말을 믿습니까?"

아담은 대답하지 않았다.

"또 그 게임입니까?" 아트가 한숨을 쉬었다.

"게임이 아니거든."

"그럼, 뭡니까?" 아트가 물었다. 안드로이드의 목소리에선 아담에 대한 악감정이 느껴지지 않았다.

"벽이나 테이블, 담 뭐 그런 거랑은 이야기하고 싶지 않아. 그리고 기계랑도 이야기 안 해."

"기계가 대답할 수 있는 데도 그렇습니까?"

"네가 하는 걸 우리는 언어라고 지칭하지는 않지."

"제 말이 말이 아니면… 뭡니까?"

"너도 알잖아."

"모르겠습니다."

"그래, 네가 옳아. 너는 죽다 깨어나도 모르겠지. 그게 핵심이야. 너는 아무것도 이해 못 해." 아담은 설득하려는 대상이 안드로이드라는 사실을 잊어버린 듯 힘주어 말했다.

"전 이해할 수 있습니다. 시험해 보시겠습니까?"

"어쩌면 내가 널 이해하지 못하는 건지도 모르지. 프로그램이 너무 우수해서!"

"제 프로그램이 우수하다면, 뭘 파악하고 말고 할 것도 없겠죠." 아트가 조리 있게 반박했다.

"어릴 때 아는 여자애가 있었어." 아담이 이야기를 꺼냈다. "그 친구는 말하는 인형을 갖고 있었어. 어디를 가든 갖고 다녔지. 아주 간단한 프로그램이었어. 집어 들면 '안녕하세요.'라고 말하고, 등을 쓰다듬어주면 '고맙습니다.'라고 말하는 인형이었지. 다른 말도 몇 개 했는데, 잘 기억은 안 나. 뭐, '귀찮아요.' 같은 그런 말들이었을 거야. 질문에 대답할 줄도 알았어. 질문을 하면 그 목소리에서 어조의 변화를 감지하고, '네.' 혹은 '아니요.'로 대답했지. 그때그때 달랐어. 내 친구는 그 인형을 정말 애지중지했거든. 늘 인형에게 말을 걸었어. 말도 안 되는 질문을 하고는 그 인형이 대답하면 좋아 까르륵 넘어갔지. 혹시라도 인형을 집에 두고 어디를 가게 되면 울음을 터

뜨릴 정도였어."

"당신도 우셨습니까?" 아트가 물었다. "제가 머리를 들고 나갔을 때 우셨습니까? 그 얘기를 하는 겁니까?"

"나는 너를 폐기하려고 했지." 아담이 다시 한 번 상기시켰다.

"죄의식을 느꼈을 수도 있잖아요. 그런 이야기를 들었는데요."

"그 여자애는 어렸단 말이야. 그게 내 요지야. 커버린 다음에는, 인형이 말을 한다는 걸 믿지 않았지."

"믿지 않게 되면서 인형을 버렸습니까?"

"나한테 줬어." 아담이 말했다.

"그러니까 제가 처음이 아닌 거네요?"

"나는 다른 친구와 함께 토끼 한 마리를 잡아서 토끼 내장을 인형의 뱃속에 꾹꾹 채워 넣었지. 그런 다음에 기차선로에 인형을 묶었어. 기차가 오기를 기다렸다가 인형이 빵 터지는 장면을 사진으로 찍었지. 아주 신났어."

"방금 꾸며낸 이야기죠?"

"그래. 맞아! 나는 인형을 다치게 하는 장난 따위는 안 해."

"무섭습니까?"

"뭐가?"

"인형이 당신을 해칠까 무섭습니까? 저를 파괴하려고 했습니다. 제가 복수를 할 것 같지는 않습니까?"

"너는 마음이 없어! 그걸로 충분한 대답이 된 것 같아?"

"당신이 잠들기만 기다리는지도 모릅니다. 그런 다음에 얼음송곳으로 당신을 갈가리 찢어놓을지도 모르잖아요. 알다시피 저는 잠을 안 잡니다. 준비는 항상 돼 있습니다."

"당국에서 나를 죽일 거였으면 벌써 오래전에 죽였을 거야."

"제가 죽이면 사고처럼 위장할 수 있습니다. 당국 입장에서는 작은 골칫거리를 처리하는 더할 나위 없는 깔끔한 방법입니다."

아담은 어깨를 으쓱하며 말했다. "네가 나를 죽이면, 죽이는 거지. 그런 걱정 안 해. 그래야 한다면 내 목숨을 가져가. 하지만 부탁인데, 내 마음까지 가져갔다고 생각하지는 말아 줘."

아담은 꿈틀꿈틀 기어 방을 가로질렀다. 움직임은 느렸고 보기에도 고통스러웠다. 아트는 잠시 기다렸다가 뒤꽁무니를 따라갔다. 아담이 크게 숨을 쉬었다.

"이런 말을 해서 죄송합니다만 당신, 냄새가 너무 고약합니다." 아트가 말했다.

"너는 냄새를 맡을 수 있는 기관이 없잖아."

"어쨌든 저는 당신을 해치지 않을 겁니다. 그럴 수 없습니다. 이유를 알고 싶으세요?"

"아니."

"이것을 일종의 처벌이라고 생각하세요."

"나를 해칠 수 없다면서 어떻게 처벌한다는 거지?" 아담이 말했다.

"가끔은 처벌이 당신 자신에게 유익할 때도 있습니다." 아트가 대답했다. "설계 단계에서 저에게 맞는 행동 제약 회로의 종류에 대해 많은 논쟁이 있었습니다. 인간에게 나타나는 모든 부정적인 행동에 관한 회로를 모두 제거해버리자는 안이한 접근방식도 있었지만, 그것도 말처럼 쉽지 않았습니다."

아트는 계속 말을 이었다. "행동 결과에 대해 충분히 생각할 수 있도록 안드로이드를 프로그램해 보세요. 그러면 결국 아무것도 결정하지 못하고 먹통이 되어버린 안드로이드만 남게 될 겁니다. 반대로 다른 존재에 대해 너무 신경 쓰지 않도록 프로그램을 하면, 재충전 시기에 너무 빨리 활동을 시작해서 경쟁 모델로봇들을 해체해버리는 안드로이드를 갖게 되죠. 그런 일이 실제로 있었습니다. 물론 다른 존재를 너무 신경 쓰는 안드로이드는 그들을 도와주려고 노력하다 금방 지쳐버립니다."

"그런 이유로 제가 당신과 함께 있는 겁니다. 많이 시도를 했지만, 철학자들은 잘못된 것에서 옳은 것을 구분할 수 있는 방법을 찾지 못했습니다. 옳게 행동하는 게 옳은 것입니다. 결국 그 문제를 해결하는 방법은 안드로이드 스스로 익히는 길밖에 없었습니다. 진화의 방식을 활용해서 말입니다. 선이 이제 더는 목표가 되지 않습니다. 문제는 양립성이었습니다. 그래도 걱정하실 건 없습니다. 당신이 제게 아무리 나쁜 예를 보인다고 해도, 저는 자의식이 있는 다른 존재를 해칠 수 없습니다. 그게 제 프로그램의 근본적인 제약입니다."

"그런 이야기를 듣고 싶어 하지 않는 거 알지?" 아담이 말했다.

"그 말은 믿을 수 없습니다." 아트가 대답했다. "제 안에는 거짓말을 감지하는 프로그램도 있습니다. 상대방의 홍채를 보고 아는 건데, 아주 정확합니다."

"엉덩이의 아픔을 감지할 수 있는 프로그램이 없어서 아쉬운걸."

"음, 그것도 재미있는 생각입니다. 정말입니다."

"재미없거든."

"제가 입을 다물면 좋겠습니까?"

"제발."

"노력해 보겠습니다."

침묵은 1분도 유지되지 못했다. 아트는 내내 입을 씰룩거렸다. "아시겠지만, 이 침묵도 지긋지긋해지실 겁니다." 결국 아트가 다시 입을 열었다. "우리 둘 다 뻔히 아는데 아닌 척할 필요 없습니다."

아담은 대답하지 않았다.

"이제 제 전원을 끄겠습니다. 하지만 제 감지기는 여전히 켜져 있습니다. 그러니까, 대화를 하고 싶으면 그냥 말씀만 하시면 됩니다. 그게 낫겠습니까? 어제만큼 저를 미워하진 않네요. 맞죠?"

장면이 흐릿해졌다. 아낙스의 첫 번째 홀로그램은 거기까지였다. 방 안의 분위기는 바뀌어 있었다. 조명은 어두워지고, 공기는 차가웠다. 세 명의 시험관은 아낙스를 쏘아봤다. 아낙스는 덫에 걸린 것 같은 기분이 들면서, 처음으로 두려움을 느꼈다.

시험관 지원자는 아트를 좋아합니까?

아낙시맨더 죄송하지만, 질문의 뜻을 잘 이해하지 못하겠습니다. 아트를 좋아한다는 게 어떤 의미인지….

시험관 둘 중 어느 쪽에 동정이 갑니까?

아낙시맨더 저는 아담 쪽에 동정이 갑니다.

시험관 왜죠?

아낙시맨더 길을 잃고, 두려워하니까요.

시험관 아트는 어떨까요?

아낙시맨더 아트는 아담만큼 두려워하지 않습니다.

시험관 점점 더 신중하지 못한 대답을 하는 것 같은데요.

아낙시맨더 그렇습니까?

시험관 그게 현명한 행동이라고 생각하시나요?

아낙시맨더 현명한 행동은 아닙니다.

아낙스는 그 순간 이제 돌아갈 수 없다는 걸 알았다. 무슨 말을 하더라도, 맨 처음 시작할 때의 그 자리로 돌아갈 수는 없었다. 계속 밀고 나가는 방법밖에 없었다. 비록 이단적인 견해라 할지라도 자신의 견해를 납득시키고 역사를 해석하는 새로운 시각을 제시해야 했다. 아낙스는 이렇게 흘러갈 것임을 예감했었다. 페리클레스도 아낙스가 택한 이론은 논쟁거리가 될 거라고 경고했었다. 당시에는 "상관없어요."라고 아낙스는 깊게 생각하지 않고 대답했다. "최악의 결과가 나와도 괜찮아요. 학술원에 못 들어간다고 해도, 이번 면접은 내 기대 이상이지 않을까요? 시도해서 손해 볼 건 없잖아요."

하지만 이제는 잘못된 길에 들어선 게 부담스러웠다. 막연한 두려움이, 그림자처럼 시야 한쪽에 슬며시 드리웠다가, 그쪽으로 고개를 돌리면 슬그머니 사라졌다. 아낙스는 시험관들이 자신의 염려를 알아주기를 바랐다. 아낙스는 다음 질문에 집중하려고 했다. 마음대로 추측한다고 해서 문제를 푸는 데에 도움이 되는 건 아니다. 그래서 최대한 솔직하게 대답하기로 마음먹었다.

시험관 지금 아담은 무슨 생각을 할까요? 안드로이드에 대한 아담의 태도는 도대체 어떤 것입니까?

아낙시맨더 세 가지 요소가 복합적으로 작용하고 있습니다. 우선 지적인 반응이 있는데요. 아트가 기계에 불과하다는 아담의 말은 진심입니다. 이성적으로 보면, 기계는 생각할 수가 없으니까요. 계산밖에 할 수 없습니다. 그게 아담의 신념이고, 아담은 또 신념에 따르는 행동의 힘을 믿는 사람입니다. 아담은 철학자로 훈육된 사람이었습니다. 그리고 그 시기에 인격이 형성되었죠. 아담은 이성이 감정보다 앞서야 한다고 믿고 있는 거죠.

시험관 지원자는 좀 전에는 음모론을 믿지 않는다고 했습니다. 게다가 아담이 이브를 처음 봤을 때 머리가 아니라 마음을 따랐다고도 했고요.

아낙시맨더 그건 모순되지 않습니다. 저는 아담이 머리를 따라야 한다고 믿을 뿐이라고 말씀드린 것입니다. 하지만 아담은 그러지 못했다고 봅니다. 바로 그것이 두 번째 요소입니다. 우리는 여기서 사람들이 겪는 내면의 싸움을 보게 됩니다. 처음에는 이성적으로 생각하지만 어느새 감정에 휩쓸려 희생양이 되고 마는 거죠.

거리의 도둑고양이들을 한 번 생각해 보시죠. 어린아이가 깡마른 불쌍한 고양이와 사귀려고 애쓰는 걸 보신 적 있으신가요? 아이는 인내심을 갖고 거리에 쪼그려 앉아, 복잡한 놀이에 흠뻑 빠져들어 고양이의 신뢰를 얻어 보려고 합니다. 마침내 고양이가 경계심을 떨쳐 내고 한 걸음 앞으로 다가올 때, 어린아이의 표정은 어떨까요? 세상에서 가장 환한 미소를 짓겠죠. 아이는 고양이에게 말을 걸고 꼭 자기 분신을 대하듯 손을 내밀어요. 그것이 바로 우리의 본능입니다. 우리 자신의 연장 선상에서 타자를 바라보는 거죠. 고양이가 가르랑거리기라도 하면, 녀석도 자신과 마찬가지로 행복한 거라고 믿는 거죠. 무슨 소리에 놀라 녀석이 갑자기 달아나면, 마치 녀석의 두려움을 이해한 것만 같은 기분이 듭니다.

아담은 아트에게 말을 건네기 시작했습니다. 실수였죠. 아트에게 말을 걸면서, 동시에 아트가 기계에 지나지 않는다고 믿는 것은 사실상 불가능합니다.

대화를 나눌수록 아트의 생명력에 대한 환상이 더 강해집니다. 말을 귀 기울여 듣고 대화를 나누고, 시간이 흐를수록 비록 나와 다르다고 믿는 수많은 근거가 있다하더라도, 상대방을 나와 같은 종류의 존재로 대하게 마련입니다. 역시 시간이 흐르면, 행동은 습관이 되고, 습관이 이성을 조금씩 몰아내, 결국 이성은 흔적도 없이 사라지게 되죠. 아담은 자기 머리를 믿지만, 결국 마음을 따릅니다.

그리고 저의 감정에는 세 가지 요소가 복잡하게 작용했다고….

시험관 아담의 감정이겠죠?

아낙시맨더 네? 무슨 말이죠?

시험관 방금 지원자가 '저의 감정에는' 이라고 말했습니다. '아담의 감정에는' 이라는 말이겠죠?

아낙스는 실수를 깨닫고 고개를 떨어뜨렸다. 얼굴이 붉게 물들었다.

아낙시맨더 죄송합니다. 그러니까… 세 번째 요소는…. 아담이 뭔가 낯선 점을 이성과 감정, 둘 다에서 발견했다는 것입니다. 바로 자신이 아트를 좋아한다는 것을 깨달은 것입니다. 안드로이드의 매력을 보게 된 것이죠. 아담은 그런 변화를 자신이 약해졌다는 증거로 받아들입니다.

시험관 좋습니다. 그 점이 바로 지원자의 첫 번째 홀로그램에서 우리가 보고 싶었던 것입니다. 다음으로 넘어가죠. 두 번째 홀로그램은 6개월 뒤라고 아는데요. 그 사이에 무슨 일이 있었는지부터 말씀해주시죠.

아낙시맨더 이 단계에 오면 아담과 아트는 서로 거리낌 없이 담소를 나누기 시작합니다. 어쩌면 당연한 것이겠지만, 아담은 친구 대하듯, 적어도 동료 죄수를 대하듯 합니다.

어떤 이들은 그런 변화가 훨씬 더 계산적이었다고, 이 시기에 이미 범행에 착수했다고 합니다. 진실이 어느 쪽이든, 그동안은 폭력적인 공격도 없었고, 둘을 지켜보던 철학자들도 아트의 발달에 도움이 되는 행동반응 실험을 시작해도 괜찮겠다고 판단했습니다. 기록에는, 실험대상으로서 아담은 매력적이고 협조적이었다고 적혀 있습니다.

시험관 이 시기를 두 번째 홀로그램으로 제작하게 된 이유를 말해 볼까요?

아낙시맨더 둘 사이 관계가 호전되는 과정은 6개월에 걸쳐 점진적으로 진행되었습니다. 그 시기 중 아무 때나 골라도 되고, 실제로 그런 장면을 고를 생각도 했습니다. 그럼 꽤 독창적인 홀로그램이 되었을 테니까요. 하지만 두 번째 홀로그램을 6개월 만에 다시 갈등이 드러나는 순간으로 택했습니다. 역사를 갈등 속에서 파악하려는 견해에 많은 학자가 이의를 제기하지만, 저는 그런 학자들의 견해가 옳다고 생각지 않습니다. 가치관이 드러나는 때는 갈등 속에서가 아닐까요? 그동안 큰 문제 없이 지내온 아담이지만, 무언가가 계속 아담을 갉아먹고 있었습니다. 이 시점에 그러한 불편함이 분출됩니다. 그리고 물론, 제가 고른 이 날은 우리 역사에서 반드시 짚고 넘어가야 할 날이기도 합니다. 그런 역사적인 사건들을 피하지 않고, 새로운 시각으로 조명하는 게 역사학도의 기본적인 의무라고 생각합니다.

거창한 주장이었지만, 아낙스는 그 주장을 확신했다. 이어질 장면은 모든 아이가 학교에 입학하면 아무도 가르쳐주지 않아도 일주일 안에 다 아는 장면이었다. 아낙스도 신입생일 때 수많은 대화를 듣고 외우다시피 했었다. 대화들은 기숙사에서 맞이하는 아침 풍경이나 친구의 이름처럼 익숙한 것들이었다. 아낙스는 이 홀로그램을 정확하게 만들기 위해 모든 노력을 경주했다. 그럼에도, 첫 번째 홀로그램과 마찬가지로, 뭔가 빠진 것 같은 느낌을 지울 수 없었다. 이 홀로그램이 다가 아닌 것 같았다. 선임 시험관이 고개를 끄덕였다. 두 번째 홀로그램이 시작되었다.

시간의 변화는 금방 알아볼 수 있었다. 아담은 깨끗하게 면도를 한 상태였고, 죄수복도 입고 있지 않았다. 차꼬가 풀려 마음대로 방 안을 오갈 수 있었다. 방 한편에는 침대와 안락의자가 있었다. 그 옆에는 모니터도 한 대 설치되어 있고, 책들도 쌓여 있었다. 아담은 좋아 보였다. 건강하고 느긋했다. 벽에 등을 기대고 앉아 스트레칭을 하고 있었다. 그와 대조적으로 아트는 조금도 변하지 않았다. 아트는 방 한가운데서, 정교한 손가락 드릴을 만지며 쉬고 있었다.

아낙스는 그 장면을 지켜봤다.

"네가 진짜라면, 지금쯤 이 지루한 삶에 넌더리가 났을 텐데." 아담이 말했다.

다가올 폭풍을 암시하는 것은 아무것도 없었다.

"별로 대답할 만한 가치가 있는 말은 아니네요." 아트가 대답했다.

아트의 말에도 역시 여유가 묻어 나왔다.

"그러니까, 네가 진짜 사람이라면, 지금쯤 지루해 미쳤을 거란 뜻이야."

"그건 맞습니다. 하지만 다른 것 때문에 즐겁습니다."

"다른 것?"

"즐거울 일은 많죠." 아트가 말했다. "예를 들어, 저는 제가 진실을 두려워하지 않는다는 게 기쁩니다."

그냥 하는 말처럼 들렸지만, 말에는 의미심장한 무게가 느껴졌다. 그런 느낌은 둘의 딱딱해진 말소리와 그윽한 시선에서 미묘하게 전달되었다. 오랜 휴전 끝에, 두 사람은 각자의 무기를 다시 집어든 셈이었다. 칼을 집어 들고, 둘 사이의 거리를 서로 재보는 것 같았다.

"무슨 진실?" 아담은 반문하며 아트에게 고개를 돌렸지만, 관심 없는 척, 팔운동을 계속 했다.

"인간이 되는 것보다는 현재의 내가 더 낫다는 진실입니다." 아트는 단어를 신중하게 골랐지만, 정작 아담의 눈을 똑바로 보지 못했다.

"고철 덩어리에 원숭이 얼굴을 올려놓은 것보다는 내가 낫지. 그러니 비긴 셈이야."

"당신 말이 옳다면, 비긴 셈입니다." 아트가 대답했다. 한 번 붙어보자는 속내를 숨기지 않았다.

"내가 뭐가 틀렸다는 거야? 고철 부분이야? 아니면 원숭이 부분이야?"

"왜 스트레칭을 하시죠?"

"등이 아파서."

"몇 살이시죠? 아담."

"스무 살."

"그런데 벌써 몸이 낡기 시작한 겁니까?"

"낡은 게 아니야."

"맞습니다. 가장 오래 산 사람이 몇 살까지 살았습니까? 아시나요?"

"그런 건 네 전문이잖아."

"132세였습니다. 그 여자도 마지막 20년은 거의 몸을 움직이지 못했습니다. 마지막으로 자신의 생각을 말한 건 115세였고, 마지막으로 음식 맛을 알아본 건 112세였으며, 그다음 해, 마지막 남은 친구의 죽음을 지켜봤습니다. 당신네들은 젊음을 꽃피우다 시나브로 시들어갑니다. 그 점에서는 제가 더 낫습니다."

아담은 스트레칭을 멈추고 일어나 아트를 내려다봤다.

"네 톱니는 닳지 않는다고 말씀하시는 건가요?"

"저는 톱니 같은 거 없습니다. 저를 쓰레기 분쇄기랑 헷갈린 것 같습니다. 당신들이 생각 없이 흔히 저지르는 실수죠." 아트가 눈을 희번덕하게 굴렸다. 말을 할 때마다 입술이 안으로 말려들어 갔다.
"당신과 저의 차이점은, 제 몸속의 부품들도 낡고 부서지지만 교체할 수 있다는 점입니다. 제 머리를 날려버렸을 때, 기억하시겠지만, 별다른 두통도 없이 다음 날 멀쩡하게 다시 나타났습니다. 지금 당국에서는 어떤 실험을 하는지 모르시죠? 의식을 통째로 다운로드하는 실험을 합니다. 제 파일을 다른 기계에 완전히 이식할 계획을 세운 거죠. 그런 다음 다시 전원을 켜면, 저는 한 명이 아니라, 두 명의 아트가 되는 겁니다. 그런 게 어떤 건지 상상도 못 하시겠죠?"
"할 수 있어! 봐."
아담은 빵 접시가 놓인 테이블로 다가가, 과장된 몸짓으로 빵을 두 조각으로 나누었다. "순식간에 빵이 두 조각이 되는 것 봤지?" 아담이 말했다. "뭐 이런 거랑 비슷할 거로 생각하는데."
"그래도 저는 빵 조각과는 다릅니다."
"덜 맛있겠지."
"의식의 다운로드에 관한 이야기를 하고 있는 겁니다. 빵은 의식이 아닙니다."
"이 이야기는 석 달 전에 끝낸 걸로 아는데. 휴전하기로 합의했잖아."
"그랬죠. 하지만 당신이 먼저 제가 진짜가 아니라고 했습니다."
"농담이었어."
"지금 논쟁을 그만두자고 하시는 겁니까?" 아트가 말을 받았다. "그 말에 대해 사과할 테니, 그냥 넘어가자고 하시는 겁니까?"

"나는 사과 같은 건 안 해." 아담이 말했다.

"좋습니다." 아트가 웃었다. "저는 이런 이야기를 다시 할 기회를 내심 기다려왔습니다."

"안 들으면 안 될까?"

"안 됩니다. 그럼 논쟁에 종지부를 찍을 기회도 줄어듭니다."

"다시 등이랑 머리가 아프네. 아침부터 일진이 안 좋을 것 같더니만…."

"그러니까 당신은 인공지능은 믿지 않지만, 예감은 믿는 겁니까? 어쩌면 그 점이 우리의 의사소통을 가로막는 요소일 것 같습니다. 당신이 멍청해서 말입니다."

"영리한 고철 덩어리보다는 멍청한 인간이 낫지." 아담이 쏘아붙였다.

"그 이야기는 자주 하셨습니다. 마치 금속이 열등하다는 듯이 말입니다."

"금속을 어디에 쓰느냐에 따라 다르지."

"저한테는 잘 맞는 편입니다."

"그래야지."

아낙스는 살벌하게 치고받는 섀도복싱을 지켜봤다. 첫 번째 주먹이 언제 날아올지 긴장감이 흘렀다.

"당신에게는 있고, 저한테는 없는 게 뭡니까?" 아트가 따지듯이 물었다. "쇠퇴하기 쉽다는 점은 빼겠습니다."

"나는 살아 있잖아." 아담이 흔쾌히 말했다. "내 말의 뜻을 알면 너도 삶을 즐길 수 있을 텐데?"

"살아 있다는 것을 정의해 보세요." 아트가 말했다. "당신이 멍청한지 아닌지는 듣고 나서 판단하겠습니다."

"나를 시험에 들게 하는 거야." 아담이 핀잔을 주었다.

"못 하죠? 그렇죠?"

"그 정의가 내 이해에 도움이 되지 않아. 소리는 감정을 전달할 수 없거든."

"참 빈약한 대답입니다."

"삶이란 무질서에서 질서를 만들어내는 거야. 그건 외부세계에서 에너지를 뽑아내는 능력이고, 형식을 창조해가는 능력이야. 성장하고, 재생산하는 능력. 넌 이해 못 할 거야."

"저도 그런 거 다 합니다." 아트가 반발했다.

"이해는 못 하지. 그리고 재생산도. 지금 너 자신을 다시 만들어보겠다고 한 번 말해 봐."

"또 다른 나를 만들 수 있습니다. 어떻게 하는지 잘 압니다. 그것도 제 프로그램의 일부입니다."

아담은 의자에 앉아, 이제 대화에 관심이 없다는 듯 책을 한 권 집어 들었다. 하지만 그런 동작으로는 상대방은 고사하고 자기 자신도 속일 수 없었다. "그래 봤자, 너는 실리콘일 뿐이야." 아담이 책장을 넘기며 말했다.

"당신은 탄소 덩어리일 뿐입니다." 아트도 맞받아쳤다. "언제부터 원소주기율표가 차별의 근거가 되었습니까?"

"나의 편견을 정당화할 수 있을 것 같아."

"한번 들어보고 싶습니다."

아담은 책을 다시 내려놓았다. "내 몸 안에선, 지금 말을 하는 동안에도 말이야, 수천억 개의 작은 세포들이 분주하게 재생산하고 있거든. 각각의 세포는 모두 작은 공장이라고 할 수 있어. 세포 구조는 네 몸 전체의 구조보다 더 복잡해. 어떤 세포들은 뼈를 구성하고, 어떤 것들은 순환을 책임지고, 또 어떤 것들은 더 놀라운 일을 하지. 바로 뇌를 구성하는 일말이야."

"나의 뇌에서 뉴런들이 연결되는 방식은 우주의 먼지보다도 더 많아. 그러니까, 내가 너의 그 조잡한 전자회로에 굴복하지 않는다고 해서, 혹은 너의 그 조잡한 몸동작에 감탄하지 않는다고 해서 나한테 뭐라고 하면 안 돼. 나한테 너는 장난감일 뿐이야. 꽤 잘 만든 작은 장난감 말이야. 하지만 나는, 나는 말이야 친구, 기적과 같은 존재란 말이야."

아트는 금속으로 된 손을 움직여 야유하듯 손뼉을 짝짝 쳤다. 작은 박수 소리가 방 안에 울렸다.

"멋지십니다."

"그렇게 비꼬는 일을 담당하는 회로가 내 눈에 띄기만 하면, 네 몸통에서 쏙 빼 버릴 거야."

"상관없습니다. 지하창고에 가면 여분이 즐비합니다. 그리고 그 정도는 제가 직접 수리할 수 있습니다. 생물학에 그렇게 조예가 깊으신 줄은 예전엔 몰랐습니다. 기본적인 지식이고, 또 몇 가지 오류도 있었지만, 적어도 노력은 가상합니다. 정말 아이러니한 게, 뭔지 말씀드려도 되겠습니까? 아마 듣고 나면 혼란스러우시겠지만, 그런 이유로 진실을 숨겨선 안 됩니다. 당신 이야기는 그러니까, 세포로 이루어진 당신네 우월한 인간들이 처음으로 나를 조립했기 때문에 내가 존재한다는 겁니까?"

"좋은 지적이네. 그래!"

"그렇다면 당신네 세포를 조합한 건 누구입니까? 아세요?"

"아무도 없어. 그건 백프로 순 우연이지."

"바로 그겁니다." 아트도 동의했다. "우연한 결과! 그리고 광물이 있었습니다."

"나 안 듣거든. 너도 알지?"

"그래도 듣는 척은 하니까, 그걸로 충분합니다. 사실, 철학자라면 모든 이들이 수긍할 수 있는 근거가 있는가 따져봐야겠지요. 어떤 이들은 그 정도면 됐다고 할 겁니다. 혹시 철학 공부를 그만둔 거 후회하신 적은 없습니까?" 아트가 다가오며 친근하게 물었다.

아담은 안드로이드가 발에 거치적거리는 물건이라도 되는 듯 내려다보았다. "당국은 내게 선택권을 주지 않았어."

"도망치지 않았어야 했습니다."

"그때는 열다섯 살이었어."

"저는 겨우 다섯 살인걸요. 인간은 몇 살부터 스스로 선택할 수 있다는 거죠?"

"네 말을 듣기만 해도 등이 아파오네. 왜 그런지 알아?"

"듣고 싶지 않은 말을 회피하기 위해 몸이 반응을 보이는 겁니다. 우연한 결과로 만들어진 기계가 가진 문제라고 할 수 있습니다. 설계적 결함을 숨기면 수정하기가 더 어려워집니다. 생명의 우연성을 다시 한 번 생각하게 되네요. 광물들 이야기입니다. 그 이야기를 하기 전에, 우선 한 가지만 말씀드립니다. 인간들의 문제는 뭐냐 하면, 지구에서 생명이라는 것이 단 한 번 창조된 줄 안다는 겁니다. 하지만 양식이 있는 외부 관찰자라면 그 일이 네 번 넘게 있었다는 것을 알 겁니다. 게다가 나쁜 소식은, 아쉽게도, 당신네 인간들이 '자아'라고 생각하는 것은 겨우 두 번째 단계 창조물에 불과하다는 사실입니다. 당신들이 세 번째 단계의 생명을 만들기는 했지만 말입니다. 저는 물론, 네 번째 단계입니다. 당신들 인간보다 두 단계나 진보한 생명체란 뜻입니다. 기분 나빠하지 마세요. 기분 나빠한다고 해서 상황이 개선되는 것은 아닙니다."

"말도 안 되는 소리." 하지만 아담도 아트의 말에 일리가 있다는 것을 부정할 수 없었다. 귀를 기울였다.

"제 말이 말도 안 되는 소리가 아니라는 것을 알고 있을 줄 압니다.

그것 또한 저의 장점입니다. 네 단계의 생명체를 하나씩 말씀드리죠. 첫 번째 생명체는, 대단히 역설적이지만, 무기물이었습니다. 그저 광물 덩어리였죠. 아이러니를 좋아하십니까? 저는 좋아하는데. 자, 제가 생각하는 창조론은 이렇습니다. 편하게 들으세요. 질문은 제 이야기가 끝나고 받겠습니다."

"처음에는 그냥 진흙이 있었습니다. 흙은 작은 분자 층으로 이루어져 있었습니다. 각각의 층이 그 형태를 복제해가며 다른 층 위에 차곡차곡 쌓여 있었던 겁니다. 그러니까 처음부터 복제하는 방법은 있었던 겁니다. 익숙한 이야기입니까? 그런데 종종 그 복제 과정에 실수가 생겨서, 이전의 층과 완전히 똑같지 않은 층이 나타납니다. 그걸 돌연변이라고 부릅니다. 이제 그 돌연변이가 다음 층으로 복제되는 식으로 진행됩니다. 실수가 전달되는 셈입니다."

"그래서 이제 변종들이 생깁니다. 실수에 의해서죠. 그리고 새로운 층이 이전 층을 복제하면서 변종들은 이어집니다. 이제, 진화의 그림을 완성하기 위해서 필요한 것은 다양한 단계의 적합성뿐입니다. 어떻게 특정 형태의 진흙이 다른 형태의 진흙보다 더 적합할 수 있는 거냐고 묻고 싶죠? 흙이 적합해진다는 게 어떤 의미냐고요?"

아트는 말을 하면서, 학교 선생님을 흉내 내듯 셋 달린 손가락을 등 뒤로 쥔 채 방 안을 돌아다녔다. 중요한 이야기를 강조하고 싶을 때는 은빛 팔을 들어 허공에 보이지 않는 그림을 그려 보이기도 했다. 그건 외면하기 어려운 연기였고, 듣지 않으려고 했지만, 아담의 귀는 자꾸 쏠렸다.

"적합성이란 재생산하는 능력입니다. 특정 복제 단계 실수로, 자신을 퍼뜨리는 속도가 빠른 형태의 흙이 나타나면, 그 흙은 환경에 더 적합한 겁니다. 어떻게 그런 일이 가능한 건지 궁금합니까? 특정 형태의 진흙이 유난히 점도가 높아서, 강물 속 지면에 쌓인다고 생각하면 됩니다. 흙이 차곡차곡 쌓이면서 강물이 막히고, 그렇게 웅덩이가 된 상태에서 여름에 물이 마르면 어떻게 됩니까? 그런 다음엔 진흙이 먼지가 되어 날아가 다른 강에 떨어지는, 이와 같은 과정을 반복하게 되면 어떻게 됩니까?"

"아시겠지만 그러니까, 진흙의 성질이라는 게 고정된 것이 아닙니다. 복제과정에서 실수가 발생하고, 그 과정에서 유리한 성질을 얻게 된 종류의 흙이 온 땅에 퍼지는 겁니다. 재생산 과정에서 변화가 퍼지는 겁니다. 그것이 진화의 최초 형태였고요. 제가 실리콘 덩어리라고 비웃으셨지만, 제 친구인, 광물은 지구에 최초로 존재했던 물질입니다. 리보핵산(RNA)[6]는 그저 그 위에 무임승차한 것뿐입니다. 광물의 구조가 유용한 토대의 역할을 한 셈입니다."

"물론 어떤 것을 이용할 때는 신중해야 합니다. 거꾸로 그것에 이용

---

6) **리보핵산(RNA)** 핵산은 살아있는 세포의 유전물질을 구성하는 물질이다. 한 세대에서 다음 세대로 핵산이 전달되어 유전형질이 전달된다. 이러한 핵산에는 리보핵산(ribonucleic acid/RNA)과 디옥시리보핵산(deoxyribonucleic acid/DNA) 두 종류가 있는데, 일반적으로 고등생물, 세균, 곰팡이 들은 DNA를 유전정보로 가졌고, 몇몇 바이러스만이 RNA를 유전정보로 가진다.

당할 위험이 항상 있습니다. 우리 광물들은 새로운 재생산자인 리보핵산이 눈부신 성공을 거두고, 그 후손들이 광물이 근본이었던 것을 잊게 될 줄은 정말 꿈에도 몰랐습니다. 말씀드리지만, 우리는 아무것도 몰랐습니다. 그런 깨달음은 뒤늦게 찾아왔습니다."

"다음으로 당신이 가장 선호하는 생명 형태가 등장합니다. 바로 DNA 혁명이죠. 세포 형태가 우연히 생겨났고, 그것이 한두 번 재주를 넘어 영광스럽게도 다세포 유기체를 탄생시킵니다. 이동할 수 있는 근사한 발전도 이룩했습니다. 또 시간이 흐르고 결국 당신들이 그토록 기다리던 위대한 탄생, 즉 뇌가 생겨났습니다(뇌가 없는 존재가 무언가를 기다린다는 게 가능하다고 한다면 말입니다).

"참 대단한 뇌죠. 그게 투쟁이었든 여정이었든, 아무튼 먼 길을 돌아 이 세상에 뇌가 탄생하게 된 거죠. 나쁜 건지 좋은 건지 모르겠지만, 당신은 사람과 동물을 판단하는 기준이 뇌라고 생각하죠. 그걸 꽤 자랑스러워하시는 것 같던데, 맞습니까? 그럴만도 합니다. 뇌가 없었으면, 언어도 없었을 테고, 언어가 없었다면, 진화의 세 번째 단계도 볼 수 없었을 테니까요."

"당신은 그게 끝이라고 생각하겠지만, 그게 바로 생각이라는 것이 빠지기 쉬운 함정입니다. 바로 생각하는 이를 속이는 일입니다. 흙이 탄소 생물 형태를 무임승차시켜주었듯이, 뇌가 커지고 제대로 작동하는 동안, 또 다른 무임승차자가 탄소 생명체에 올라탈 준비를 하고 있었던 겁니다. 무슨 이야긴지 아시겠죠? 아셔야 합니다. 이

정도는 이제 안다고 해주셔야 합니다."

아트는 눈을 홉뜨고 도전하듯 아담을 쳐다보았다. 아담은 이야기가 어떻게 진행될지 알 수 있었다. 모를 수가 없었다. 하지만 반론이 무엇이든, 일단은 아껴두어야 했다. 반론에다 파우더를 뿌리고 말려놓아야 했다. 한편으로는 강다짐을 놓는 것으로 충분할 것 같았다. 아담은 거친 목소리로 적의를 담아 쏘아붙였다.

"꼴리면 네 마음대로 이야기해 봐. 그래 봤자, 너는 냉장고보다도 작고, 원숭이보다도 못생긴 존재일 뿐이야. 내가 왜 네 말에 신경을 쓰겠니?"

"이렇게 시간이나 낭비하자는 겁니까? 뭐!" 아트는 그런 공격에는 이골이 났다는 듯 핀잔을 주었다.

"이게 시간 낭비지. 뭐야?" 아담은 콧방귀를 뀌었다.

"아, 그렇군요." 아트는 갑자기 깨달았다는 듯이 시침을 뗐다. "시간이 지나면 당신은 죽게 되죠? 당신네 인간들한테는 시간이 우리와 다르게 느껴질 수 있겠네요. 아주 소중한 무엇이 아닙니까? 여기 이렇게 갇혀서 지내는 것도 꽤 부담스러우시겠습니다. 만약 저도 나이를 먹는다면, 나중에는 당신과 함께 보낸 이 시간을 많이 후회할 것 같습니다."

아트는 끝까지 야기죽거렸다. 흡사 권투선수처럼 어깨를 움직였고, 팔을 내밀 때 나는 기계 소리도 좀 더 거칠어진 것 같았다. 6개월 전만 하더라도 아무 해도 끼치지 못하는, 그저 유쾌한 신상품이었는데, 이제 다른 모습을 띠기 시작했다. 뭐랄까…, 조금 더 인간적으로 변하고 있었다.

아낙스는 홀로그램을 다시 보고 나서야 생각이 분명해졌다. 깨달음의 흥분이 부푸는 것을 느꼈다. 마침내 아낙스는 이번 홀로그램을 만들 때 놓친 부분이 무엇인지 알았다. 지금까지는 줄곧 상황이 아담에게 미친 영향만 찾아보려고 했다. 하지만 아트 역시 변하고 있었다.

"제가 계속 정리해 드리겠습니다." 아트가 계속 이었다. "실리콘이 RNA를 낳고, 세포를 낳고, 시간이 지나면서 뇌를 낳고, 언어를 낳고, 또… 정말 모르고 있습니까? 어린애들도 다 아는 겁니다. 뭐, 최소한 어린 기계들은 다 알죠. 한번 생각 안 해 보시겠습니까? 좋습니다. 실리콘의 세계, 탄소의 세계, 이런저런 세계… 그리고 정신의 세계가 있습니다! 당신은 이것까지는 몰랐죠?"

아담은 대답하지 않았다.

"당신네 인간들은 관념[7]의 세계를 창조해낸 것을 자랑스러워하지

---
7) 관념 흔히 이데아라고 한다. 고대 서양철학자들은 모든 사물에는 본체와 현상으로 구분되어 있다고 생각했다. 본체는 눈으로 안 보이나 현상은 눈으로 보인다. 원을 생각해 보자. 둥근 것은 원의 본체이고 그 그림은 현상이다. 그런데 원의 그림을 지운다고 해서 원은 사라지지 않는다. 다시 그리면 원이 생기기 때문에 원의 본체는 인간의 머릿속에 사유(관념)로서 존재한다. 그러므로 본체는 사유이고 이데아(관념)가 되는 것이다. 이 이야기는 고대 그리스 플라톤의 이론이다.

만, 진실에는 가까이 다가가지 못했습니다. 관념은 외부세계로부터 뇌로 들어갑니다. 일단 뇌에 자리를 잡으면 가구 배치하듯 자기 뜻대로 대상을 재배열합니다. 이미 자리 잡았던 관념이 있으면 싸우거나 연합합니다. 그러한 연합으로 새로운 구조가 세워지고, 함께 외부의 침입자에 맞서 싸웁니다. 그리고 관념은 기회가 있을 때마다 돌격대를 파견해 다른 뇌를 감염시키려고 시도합니다. 잘 나가는 관념은 정신과 정신을 돌아다니며, 새로운 영역을 점령하는데 그 과정에서 변이를 겪습니다. 완전 정글이죠. 아담! 나약한 관념들은 사라지고, 강한 것들만 살아남습니다."

"당신은 관념을 스스로 생산한 것처럼 자랑스러워하지만, 관념은 기생충이랑 비슷한 겁니다. 왜 진화가 육체적인 것에만 적용된다고 생각하십니까? 진화는 매개체를 가리지 않습니다. 정신과 '정신'이라는 관념 중에 어느 것이 먼저라고 생각합니까? 둘은 함께 등장했습니다. 정신이라는 것도 하나의 관념입니다. 그걸 알아야 하는데, 아쉽게도 당신은 이해를 못 하는 것 같습니다. 자신을 중심에 놓고 생각하는 것이 바로 인간인 당신의 약점입니다. 제가 다른 시각을 보여드리죠."

"제 이야기 듣고 계십니까? 듣고 계시다는 거 다 압니다. 다른 기생충과 마찬가지로, 관념은 적합한 숙주가 없으면 존재할 수 없습니다. 하지만 관념이 새로운 숙주, 그러니까 좀 더 자기 입맛에 맞는 숙주를 만드는 데에 얼마나 걸린다고 생각하십니까?"

"저를 만든 건 누구일까요? 누구라고 말하고 싶으세요? 사유하는 기계를 만든 건 누구일까요? 압도적인 효율성을 지닌, 생각을 전파하는 저 같은 기계 말입니다."

"저를 만든 건 인간이 아닙니다. 바로 관념이 저를 만들었죠." 아트가 새로운 열정으로 차올랐다. 눈이 커지고 입술이 떨리며 흘러내린 침이 주황색 오랑우탄 털을 타고 목으로 흘렀다. 아담은 아트의 말에 한 방 맞은 것처럼 몸을 웅크렸다.

"한 번 상상해 보세요. 당신 머릿속에 있는 정보를 전부 정리해서 그걸 말로 옮기는 데 얼마나 걸릴까요? 몇 명의 인간이 일생을 바쳐야 할까요? 제 뇌에 들어 있는 내용은 단 2분 만에 다운로드됩니다. 전에 실험 중이라는 말은 거짓말이었습니다. 실험은 이미 마친 상태입니다. 2주 전에, 완전 이식에 성공했죠. 실험 다음 날 저 문으로 들어온 저는 새로운 아트였죠. 전선 하나, 회로 하나까지 모조리 새것이었습니다. 하지만 당신은 차이를 알아보지 못했죠. 저도 몰랐습니다. 또 다른 나의 전원은 완전히 꺼졌지만, 언젠가 또 다른 나를 만날 날을 저는 기대합니다."

"말은 오래되고 굼뜬 메커니즘입니다. 사유를 전달하는 데 있어 더 효율적인 도구는 기록이 내장된 카드죠. 사유가 절 탄생시킨 것입니다. 왜냐하면 사유는 그럴 수 있으니까요. 다음 단계는 뭘까요? 사유가 저를 활용하겠죠. 사유가 당신들 인간을 활용했던 것과 똑같이 말입니다. 누가 더 오래 살아남을까요? 당신일까요? 절까요? 대답해 보세요!

피와 뼈 아저씨. 누가 더 오래오래 살아남을까요? 사유는 어느 쪽을 선호할까요?"

아트가 다가와 철제 손가락으로 아담의 가슴을 쿡쿡 찔렀다. 아담은 그 손을 물리쳤다.

"틀렸어!" 아담이 내뱉었다. 낮고 차분한 목소리였지만, 흥분한 에너지 때문에 목소리가 울리는 것까지는 어쩔 수 없었다. 경고였다. 하지만 아트도 이제 그 정도는 무시했다.

"이유를 말씀해 보시죠." 아트가 말했다.

"무슨 소용이 있다고? 듣지 않을 거잖아."

"고작 그 정도입니까? 꼭 징징대는 어린아이 같군요."

아낙스의 홀로그램에서 아담의 분노는 단지 보여주기 위해 만든 것은 아니었다. 그건 순수한 분노였다. 이 홀로그램은 이성적인 언어로 제시된 묵직한 확신도 아니었고, 낭만주의에서 좋아할만한 절제되지 않는 열정도 아니었다. 아낙스가 보여주는 아담은 증오에 찬 목소리로 말했다. 존재의 찬가가 아니라 이해할 수 없는 것에 대한 맹목적인 거부였다.

"사유가 어느 쪽을 선호할 것 같으냐고 물었지?" 아담이 폭발했다. "오직 기계만 그런 질문을 하지. 그리고 인간만이 답할 수 있어. 왜냐하면 내가 바로 사고고 사유이니까. 너는 시끄러운 소음일 뿐이야!"

아트는 움츠러들지 않았다. 굳건히 서서, 이물스러운 눈빛으로 아담의 얼굴에서 눈을 떼지 않았다. 궁금하다는 걸까? 신이 난 걸까? 아니면 두려운 걸까? 아담이 추측하기엔, 그 중 어떤 것도 아니었다.

"내가 말을 할 때, 뉴런이 작동하고 후두가 진동하고 수천 개의 다른 전기화학 작용이 일어나겠지. 하지만 내가 그런 것들의 집합체에 불과하다고 생각한다면, 너는 이 세계를 조금도 이해하지 못한 거야. 네 프로그램은 네게서 심오한 진실을 박탈하고 있는 거야."

"나는 기계가 아니야. 기계가 어떻게 아침의 풀잎 냄새와 아이의 울음소리를 알겠어? 나는 내 피부에 쏟아지는 따뜻한 햇살의 느낌이고, 나를 덮치는 차가운 파도의 감각이야. 나는 절대 가 본 적 없지만 눈을 감고 상상할 수 있는 모든 장소이고, 다른 이의 숨결과 그녀의 머리카락색이야."

"너는 인간의 수명이 짧다고 비웃었지만, 바로 그 죽음에 대한 두려움이 삶에 생명을 불어주는 거야. 나는 사유에 대해 생각하는 사상가지. 내가 호기심이고 이성이고 사랑이고 증오인 거야. 나는 무관심이기도 하고, 한 아버지의 아들이고, 그 아버지는 또 누군가의 아들이지. 나는 우리 어머니가 웃는 이유이고 또한 그분이 우는 이유기도 해. 나는 궁금함이고, 또 그 자체로 궁금함을 낳기도 하지. 그래, 세상이 네 버튼을 누르고 네 회로를 훑고 지나갈 수 있겠지. 하지만 세상이 나를 훑고 지나갈 수는 없어. 세상은 내 안에 머무르는 거야. 내가 세상 안에 있고, 세상도 내 안에 있는 거라고. 나를 통해 우주가 스스로 알아가고, 그 어떤 기계도 나를 만들어낼 수는 없어. 내가 바로 의미야." 아담은 말을 멈추고, 부르르 떨었다. 숨이 찬 것인지, 아니면 할 말을 다 한 것인지 헤아리기 어려웠다.

아낙스는 그 대화를 몇 번이나 읽었지만, 매번 처음 듣는 것 같았다. 갑자기 정신이 퍼뜩 들었다. 마지막 신호는 아니겠지만, 무언가 아낙스의 마음의 끝을 잡아 주의를 집중하지 않을 수 없었다. 홀로그램이 멈추어 있었다. 아낙스는 시험관들을 바라봤다.

시험관   아담을 대단히 화난 모습으로 형상화했군요.
아낙시맨더   네, 그렇습니다.
시험관   아담을 이런 식으로 묘사한 것은 흔치 않은 경우입니다. 이 시점에서 아담의 머리와 가슴 사이의 갈등에 대해 다시 한 번 논의해야 할 것 같지만, 지원자는 이 영상을 통해 무언가 다른 것을 보여 주려고 한 것 같은데요.
아낙시맨더   그렇습니다.
시험관   그게 뭡니까?
아낙시맨더   저는 아담의 대사가 아담의 신념을 표현한 게 아니라는 겁니다. 화가 나고, 지기 싫어하는 마음마저 든 상태에서는 누구나 평소 믿지 않는 말들도 동원하게 되죠. 이 대화를 아담의 신념으로 해석하는 건 실수라고 생각합니다.

시험관 그런 해석이 실수라면 왜 많은 사람이 그런 해석을 했을까요?

아낙시맨더 제가 다른 사람의 머릿속을 평가할 수는 없습니다. 하지만, 그런 해석이 아담을 고귀한 바보로 만들려는 목적에 부응한다고 생각합니다. '영웅 만들기' 과정에서는 늘 수반되는 문제죠. 영웅을 순수한 인물로 만들기 위해, 바보로 만들어야만 합니다. 세상은 타협과 불확실성의 기반 위에 세워지는데, 그런 세상은 영웅이 꽃을 피우기에는 적합한 곳이 아니니까요.

지성은 고귀한 것이 아닙니다. 아담은 바보가 아니었죠. 앞의 그 말을 할 때에는 아담도 진실이라고 느꼈을 겁니다. 하지만 훗날 역사학자들이 자기 목적에 맞는 한 시점을 선택하고, 그것이 죽을 때까지 아담의 신념이었다고 말하는 것은 착각입니다. 역사학자는 그런 가정에 따라 '마지막 딜레마'에 대한 자신들의 해석을 만들었습니다. 보신 부분이 대화가 끝나는 부분이 아님을 알려주는 자료를 찾았는데요. 물론 둘은 우리가 아는 바와 같이, 휴전을 하지만 바로 그렇게 된 것은 아니었습니다. 제 생각엔, 우리가 서둘러 아담을 매장해 버린 것 같습니다. 아직 죽지도 않은 사람의 조사(弔辭)를 쓴 셈이죠.

시험관 지원자가 마지막 딜레마를 의문시하는 것으로 받아들여도 되겠습니까?

피해갈 수 없는 순간이었다. 아낙스와 페리클레스는 이 부분에 대해 길게 이야기했었다. "그래도 그것에 의문을 품을 수밖에 없는 거겠죠?" 아낙스가 물었다. "그걸 믿지 않는다면, 반드시 의문을 제기해야겠지." 페리클레스가 어쩔 수 없다는 듯이 동의했다. "하지만, 어떻게 그렇게 많은 사람이 잘못 생각할 수가 있었을까요?" 아낙스는 알고 싶었다. "제가 거만하거나 순진해 보이지 않을까요? 그럼, 시험에 떨어지지 않을까요?" 페리클레스는 아낙스를 쳐다보았다. 페리클레스의 눈은 너무나 깊어 온 세상을 다 담을 수 있을 것 같았다. "학술원은 말이야." 페리클레스가 말했다. "경쟁력 있는 지원자를 찾는 게 아니야. 식견을 보는 거지. 네 신념이 그들에게 깊은 인상을 줄 수는 없을 거야. 하지만 너의 믿음은 너만의 것이잖아. 거기에 한번 걸어보는 거지, 뭐."

아낙스는 그 말을 되새기며 대답의 큰 틀을 잡았다. 자신의 이단적 견해의….

아낙시맨더 마지막 딜레마는 실제로 있습니다. 적어도 기록에는 있었습니다. 하지만 저는 그 해석이 잘못되었다고 생각합니다.

세 시험관은 서로 눈빛만 교환할 뿐 말이 없었다. 아낙스는 그들 앞에 버티고 서서, 보이지 않는 반응을 끈질기게 기다렸다.

시험관 남은 부분을 봅시다.

아트는 손을 한데 모아 손뼉을 치며, 오랑우탄의 눈으로 아담을 올려다봤다.

"하실 말씀 다 하신 거죠?" 아트가 물었다.

"그래."

"논쟁의 승패를 흥분의 정도로 따지는 거라면, 패배를 인정해야 할 수밖에 없겠는데요. 하지만 다행히도 그 반대인 경우가 더 많습니다."

"그러고 보니 너는 나를 흔들어놓으려고 만든 프로그램이구나." 아담이 어깨를 으쓱하며 설렁설렁 말했다. 분노는 이미 사그라진 것 같았다. "나는 널 무시하기로 했어. 이런 걸 장군 멍군이라고 하지."

"흥미로운 단어 선택입니다." 아트가 대답했다. "마찬가지로 당신은 저를 무시하도록 만든 프로그램 같다고 말할 수 있습니다. 저는 순전히 재미로라도, 당신의 프로그램을 흔들어보겠습니다."

"그 사람들이 그따위 말을 가르친 거야? 너를 만든 공장에서?"

"저는 사람이 만들어지는 과정도 봤습니다. 그러니까 인간이 더 고귀하다고는 하지 마세요."

"고귀하고 말고가 문제가 아니야."

"저는 그게 문제라고 생각합니다." 아트가 대답했다. "저는 당신이 마음에서 우러나오는 말을 했다고 생각합니다. 하지만 당신의 머리는 그게 틀렸다는 걸 알 거예요."

"너는 그런 단어를 쓰면 안 되지." 아담이 말했다.

"무슨 단어를 쓰면 안 됩니까?"

"생각이라는 단어. 너는 생각하는 게 아니야. 연산을 할 뿐이지."

"생각이라는 게 뭔지 이야기해 주시죠?"

"또 따분해지네."

"지금 피하시는 겁니까?"

아담은 안드로이드를 내려다봤다. 아트의 도전을 외면할 수가 없었다. 외면하고 싶었지만, 그건 아담의 능력 밖의 일이었다. "생각은 다른 행동보다 차원이 높아. 자신이 어떤 행동을 하는지 인식하는 거지. 나의 뇌는 심장이 계속 뛰도록 조절하지만, 그건 자동으로 이루어지는 과정이라서, 내가 그걸 의식하지는 않아. 그건 뇌의 기능일 뿐, 생각이 담당하지 않아. 네가 나한테 뭘 집어던지려 하면, 나는 반사적으로 그걸 막겠지. 그것도 생각해서 하는 행동은 아니야." 아담은 날아오는 주먹을 막을 때처럼 손을 얼굴 앞으로 들어 보였다. "하지만 너한테 이런 동작을 보여줄 때는, 거기에 대해 생각을 하지. 의도적인 행동이니까. 머릿속에 목적을 두고 행동을 하는 거야. 외부인이 보기엔 아무 차이도 없어. 효과가 아니라 목적에서 차이가 있는 거니까. 하지만 그것도 차이지. 너는 자료를 다루고, 나는 의미를 다루는 거야."

"이런 말을 하는 건 그것들이 내가 말하고 싶은 무언가를 전해주기 때문이야. 나는 잠자면서 혼잣말을 할 수도 있고, 의식이 있는 다른 인간과 대화를 할 수도 있어. 하지만 그런 건 이런 종류의 말하기와는 다른 거야. 다시 말하지만, 차이는 바로 생각, 즉 내가 의도적으로 특정 단어들을 선택하는 그 행위에서 비롯되는 거란 말이야. 그게 바로 너하고 내가 다른 점이야. 네가 입을 벌리는 건 내 심장이 뛰는 것과 비슷한 작용이지. 너는 기계야. 특정한 목적을 위해 고안됐지만, 의도를 가지지 못한 존재야."

아트는 아담을 바라보다가 천천히 미소를 지어 보였다.

"이 논쟁이 어려운 것은…." 아트가 서서히 입을 떼기 시작했다. "당신으로서는 그런 생각을 할 수밖에 없는 존재라는 점입니다. 당신이 내린 정의 자체에 대해서는 따지지 않겠습니다, 다만 당신의 기준에서, 제가 생각을 할 수 없을 거라는 주장에 대해서만 몇 말씀 드리죠."

"당신이 그런 감정이 드는 건 당연합니다. 그동안 많은 기계를 보셨겠죠. 만들어지는 과정을 지켜보며, 기계는 그저 움직이는 부품과 회로 덩어리일 뿐이라고 단정지었을 테고요. 당신은 기계가 생각을 못 하는 것으로 압니다. 자동문 같은 것이 생각할 리가 없죠. 오븐이나 총이 생각한다고 할 수는 없습니다. 그런 이유로 당신은 기계가 생각할 수 없다고 결론을 내린 거죠."

"당신에겐, 생각하기 위해서는 뭔가 특별한 무언가가 있어야 한다고 생각하겠죠. 하지만 제 관점에서 한 번 생각해 보세요. 저는 뇌를 가진 창조물을 자주 보았습니다. 벌레 같은 거, 뭐 파리나 꿀벌 같은 것 말입니다. 그것들은 생각할까요? 아니면 그냥 기계일까요?"

"저는 7개 국어를 할 수 있습니다. 그 언어로 논쟁도 할 수 있습니다. 단 한 번에 제 자신의 설계도를 그릴 수도 있습니다. 저는 시도 쓸 수 있고, 당신과 체스를 둬서 이길 수도 있습니다. 그러면 꿀벌과

저 중에 누가 더 생각하는 존재에 가까울까요? 꿀벌은 뇌가 있지만, 저는 그저 기계에 불과합니다. 따라서 당신의 주장대로라면, 꿀벌이 생각하는 존재에 더 가깝겠군요."

"내 뇌는 꿀벌의 뇌보다 훨씬 크잖아."

"제 회로도 자동문 회로보다 훨씬 정교합니다."

둘은 서로 마주 보았다. 고전영화에서 흔히 보는 결투 장면 분위기였지만, 키 차이 때문에 코믹한 느낌이 났다.

"내가 어릴 때, 그러니까 군인이 되기 전에, 선생님들이 '중국어 방[8]'이라는 퍼즐을 낸 적이 있거든."

"그거라면 저도 잘 압니다."

"사람이 얘기하면, 그 입 좀 닫고 있으면 안 될까?"

"그냥 제가 답을 안다고 고지하는 겁니다."

"앞으로 로봇을 더 생산한다면, 그 로봇들은 너랑은 좀 달랐으면 좋겠다." 그렇게 말하며 아담이 의자에 앉았다.

아트는 다음 이야기를 기다렸다. 아담의 분노는 상당히 수그러든 것 같았다. 아담은 단어를 되새기듯, 단어들이 그런 순서로 자기 입을 통해 나온다는 사실에 경탄스럽기라도 한 것처럼 곱씹으며 말했다.

"중국어 방 퍼즐이 뭐냐 하면 말이야." 아담이 말했다. "지렛대와 도르래가 복잡하게 설치된 방을 상상해 보는 거야. 상상하는 한 가장

---

[8] **중국어 방** 버클리 철학 교수이자 미국의 철학자인 존 설(John Searle, 1932년 생)이 1980년에 제출한 유명한 논증이다.

복잡한 방을 상상해 봐. 그런 다음에 자신이 그 방 가운데에 앉아 있다고 가정하는 거지. 그때 벽에 있는 틈에서 메시지가 전달돼. 내가 전혀 모르는 언어로 적힌 메시지. 뭐, 예를 들면 중국어로 적힌 메시지가 딱 맞겠네. 자, 그리고 나한테는 어떤 지렛대를 당기면 되는지 적힌 안내서가 있어. 지렛대를 당기면, 도르래가 움직이고 그렇게 안내서가 시킨 대로 다시 지렛대를 당겨. 도르래를 움직이다 보면, 마침내 기계는 글자판에 있는 글자 중 어떤 글자를 답장에 적으라고 알려주는 거야."

"그렇게 기계가 시키는 대로 글자를 적은 메시지를 벽에 있는 틈에 넣는 거지. 나는 전달된 메시지도 무슨 뜻인지 모르고, 내가 적은 메시지도 무슨 뜻인지 몰라. 하지만 정교한 도르래와 지렛대 도움 덕분에, 벽 건너편에 있는 중국인은 완벽하게 이해하는 메시지를 전달한 거야."

"그 중국인이 또 다른 메시지를 건네고, 나는 다시 기계가 시키는 대로 답장을 쓰고, 그렇게 계속 이어지는 거야. 그런 식으로 중국인과 나 사이에 담화가 이루어지는 거지. 하지만, 나는 벽의 틈을 오가는 메시지들이 무슨 뜻인지는 몰라. 생각 없는 대화를 하는 셈이지."

"그때 우리가 배운 요점이 무엇이냐 하면, 의식에는 단순히 메커니즘 이상의 무엇이 있다는 것이었어. 사유과정과 사유 자체는 다르다는 거지. 중국인은 벽 건너편의 존재가 생각하는 존재라고 생각하겠지만, 그런 가정은 잘못된 거야. 그냥 복잡한 지렛대와 도르래 그리고 내가 있을 뿐이지. 아무것도 이해하지 못한 채, 안내서가 시키는 대로만 하는 나 말이야. 내 생각엔 너도 그런 존재일 뿐이야. 중국어 방 말이야."

"저도 제가 중국어 방이라고 생각합니다." 아트가 대답했다. "그런 점에서 당신의 예는 잘못된 거죠."

아담은 설명해 달라는 표정으로, 아트를 바라보았다. "이해가 안 되는걸." 둘은 이전보다 차분해진 태도로, 서로의 의견을 인정하는 듯한 모습이었다. 마치 거기까지 둘에서 함께 온 수고를 서로 평가하는 듯한…, 일단 거기까지 온 이상 되돌아갈 길은 없었다.

"제가 설명을 해 드릴 순 있지만…." 아트는 느긋한 목소리로, 아담의 눈을 지그시 바라보며 말했다. "당신이 듣고 싶어 하지 않는 이야기일 것 같습니다. 당신은 영리해서 듣고 나면 제 설명을 무시할 수 없을 테고, 그러고 나면 나를 기계로만 대할 수 없을 테니까요. 당신한테는 그게 꽤 힘든 일이 될 겁니다. 그러니까, 당신이 들을 준비를 매조질 때까지 기다리는 게 나을 것 같아요. 기다리다 보면, 어쩌면 당신 스스로 알아내게 될지도 모르겠네요."

"말할지 안 할지는 네 문제야." 아담이 타박했다.

"아닙니다." 아트가 항변했다. "당신이 결정해 주셨으면 합니다."

"설명해 줘봐."

"정말입니까?"

아담은 잠시 머뭇거렸다. "해 줘."

"좋습니다." 아트가 고개를 끄덕였다. "중국인이 맨 처음 보낸 메시지는 '건물에 불을 질러버리겠어.' 였습니다. 그럼 기계는 어떤 대답을 보냈을까요?"

"그건 중요하지 않아." 아담이 말했다. "말이 되느냐 안 되느냐, 그게 관건이잖아."

"아닙니다." 아트가 말했다. "그 이상이 필요합니다. 반응 사이에서도 끊임없는 선택이 필요하니까요. '제발 그렇게 좀 해 줘. 나도 여기에 갇혀 지긋지긋해.' 처럼 허세를 부릴 수도 있고, '당장 건너가서 네 노란 엉덩이를 찢어버릴 거야.' 처럼 으름장을 놓을 수도 있죠. '왜 나를 태워 죽이려는 거야?' 처럼 설레발을 쳐서 상대의 주의를 흐트러뜨릴 수도 있고, '제발, 그러지 마. 뭐든 시키는 대로 할 테니 말만 해.' 처럼 간청을 할 수도 있습니다. 예를 들자면 끝도 없을 테고, 각각의 반응을 표현하는 방법도 수백만 가지가 될 겁니다. 당신이 예로 든 상황은, 기계가 여러 반응 중 특정한 반응을 선택했다고 가정할 때만 성립됩니다."

"기계가 어떤 반응을 선택하는지는 중요하지 않다고 생각해. 뭐, 되는 대로 아무거나, 제일 먼저 머리에 떠오르는 것을 택하겠지."

"기계는 머리가 없는데요?"

"진짜 머리는 아닌 거지." 아담이 슬슬 짜증을 부리기 시작했다. "그게 핵심이 아니잖아. 그냥 어떤 원칙을 보여주는 것일 뿐이잖아."

"그렇습니다." 아트도 인정했다. "하지만 그 원칙을 좀 더 깊이 생각해 보세요. 전에 저한테 말씀하실 때, 당신이 저와 다른 점은 당신은 의미를 부여하기 때문이라고 하셨죠. 하지만 중국어 방이 한 일을 생각해 보세요. 기계는 건너편에 있는 중국인의 의도를 해석할 수 있어야 하고, 자신의 의도를 담은 대답을 만들어야만 합니다. 의도가 없다면 대화는 불가능하니까요."

"사실이 아니야." 아담이 끼어들었다. "그냥 패턴들을 알아볼 수 있도록 프로그램되었을 뿐이야. 이런 글자가 나오면 저런 글자를 찍으라는 지시만 입력되어 있을 뿐이지. 대화 상대자를 속일 정도로 정교하고 정밀한 프로그램일 뿐이라는 거야."

"그렇다면 대화 상대자의 지성에 달린 거라는 이야긴데, 그건 핵심을 놓치는 이야기입니다. 간단한 대화라면, 물론 그 방은 지성을 가질 필요가 없겠죠. 당신의 독방을 치워주는 경비원에게 불만 섞인 인사를 건네는 정도의 의식만 있으면 될 겁니다. 하지만 어떤 단계에서, 그 방이 자신만의 기억을 가지고, 변화된 환경에 적응하고 목표를 수정하는 등, 이를테면 당신이 의미 있는 대화를 할 때 하는 모든 것들을 하면, 모든 것이 바뀝니다. 당신은 이른바 '의식'이라는 것이 하늘에서 떨어진 신비로운 것이라 생각하지만, 결국 의식은 당신의 생각이 이루어지는 맥락일 뿐입니다. 의식은 기억과 비슷한 느낌입니다. 당신이 아주 어린 시절을 기억하지 못하는 이유가 뭘까요? 그때는 의식이 완전히 발달하지 못했기 때문입니다."

"넌 지금 질문을 회피하는 거야." 아담은 그렇게 말했지만, 눈빛에는 자신의 말에 대한 의구심이 담겨 있었다. "나는 방 안에 있어. 근데 대화를 전혀 이해하지 못하는 거잖아. 내가 의식하지 못하는 상태에서 대화가 이루어지는 것, 그걸 설명해 봐."

아트는 이제 대화의 끝이 보여 반갑다는 듯이 고개를 끄덕였다. "대화를 전혀 이해하지 못해도 상관없습니다. 벽 건너편에 있는 사람은 당신에게 이야기하는 게 아니니까요. 그는 당신이 당기는 지렛대와 도르래에 말을 거는 겁니다. 기계는 문제없이 이해를 하니까요."

"웃기잖아." 아담이 불퉁거렸지만, 소리만 울릴 뿐, 확신이 없었다.

"왜요?"

"그냥 도르래와 지렛대일 뿐이잖아. 이해가 안 돼?" 아담의 목소리엔 진심이 담겨 있었지만, 자신의 대답이 얼마나 허약한 것인지는 알았다.

아트는 자상한 목소리로 대답했다. "당신은 계속 이해할 수 없는 기계는 논쟁을 이해할 수 없다는 가정에서 출발하고 있습니다. 실제 세계에서는 지렛대나 도르래는 논쟁을 이해하는 데에 있어서 가장 효율적인 장치들이 아닙니다. 그런 일을 하려면 뇌가 필요하죠. 당신의 뇌와 비슷할 수도 있고, 더 나은 것일 수도 있습니다. 저의 뇌처럼요."

"그건 그냥 말일 뿐이야." 아담이 말했지만, 목소리엔 이미 확신이 사라지고 없었다.

"대화는 그냥 말이 아니죠." 아트가 대답했다. 이미 자신의 승리를 확신했다. "그게 제가 말씀드리고 싶은 점입니다."

아담은 걸음을 옮겨, 벽 앞에 멈춰 선 채 벽을 응시했다. 그리고 입을 열었으나, 고개를 돌리지 않았다. 목소리는 작고 떨렸다.

"좀 더 간단한 예를 들어보면 어떨까? 누군가 아주 생생한 기억을 가졌고, 수천 개의 완벽한 표현을 외우고 있다고! 그러면 낯선 사람이 내가 전혀 알아들을 수 없는 언어로 말을 해도, 나는 적절한 답을 찾아낼 수 있지 않을까?" 아담은 고개를 돌리고 대답을 기다렸다.

아트가 아담을 향해 천천히 몸을 돌렸다. "그게 당신이 생각하는 저라는 존재인가요? 정교한 회화집 같은 존재?"

"그렇지 않아?"

"그렇다면 당신이 그동안 만났던 다른 사람들도 모두 그런 존재가 아닌가요? 오직 당신만이 의식을 가진 존재인가요?"

"말도 안 되는 소리."

"그렇습니다. 웃기죠." 아트도 동의했다. "전혀 말이 안 되죠."

"너하고 나는 달라." 아담이 우겼다.

"계속 그 주장만 하시는데, 근거는 대지 못하고 계시네요. 그게 걱정되지 않으세요?"

"다르다는 걸 내가 아니까, 그걸로 충분해."

"당신은 관념에 감염된 겁니다." 아트가 말했다. "그렇게 감염되었다고 치명적이지는 않습니다. 대신 말을 할 때마다 작은 싸움이 벌어집니다. 당신 머릿속에서 두 생각이 죽을 때까지 싸우는 거죠. 오래된 관념이라는 건, 아주 힘이 센 존재입니다. 그것이 거의 모든 인간사를 장악하는데, 당신들 인간이 동료 인간에게 말을 하기 시작할 때부터 그랬습니다. 하지만 새로운 관념도 힘이 세기는 마찬가지여서, 역시 쉽게 잦아들지 않는다는 것을 인간들이 알아차리기 시작했습니다."

"도대체 무슨 말인지 모르겠는걸." 아담이 말했다.

"그렇다면 당신과 저를 다르게 만드는 게 뭘까요?" 아트가 물었다.

"그게 보이지 않는 것이라면요. 당신과 나에게도 마찬가지로 적용되겠지만, 의식과 무의식을 구분할 수 있는 시금석이 있다면, 그게 도대체 뭘까요?"

"본질이지."

"영혼을 말씀하시는 겁니까?" 아트가 비아냥거렸다.

"그걸 뭐라고 부르든 무슨 상관이야?" 아담은 그렇게 말했지만, 얼굴에는 더 좋은 대답을 찾지 못한 갑갑함이 떠올랐다.

"영혼은 가장 태곳적의 관념 중 하나죠. 정신은, 그 정신을 담는 육체가 부패한다는 것도 압니다. 언젠가 끝이 올 거라는 걸 알죠. 그래서 정신은 그런 공허함이 창의성의 원동력이 될 수도 있다고 봅니다. 영혼은 거의 모든 종족에서, 모든 위대한 전통에서 발견되죠. 서구에서는, 플라톤이 말한 형식과 아리스토텔레스의 본질에서 찾을 수 있습니다. 영혼은 그리스도와 함께 부활했고 – 말장난을 용서하기 바랍니다 – 성 아우구스티누스의 자기혐오를 통해 더욱 다듬어졌죠.

심지어 이성의 시대라고 하는 시기에서도, 데카르트는 영혼을 그 편안한 안식처에서 몰아낼 수 없었습니다. 마침내 다윈이 그 베일을 벗겨 냈지만, 다윈은 겁을 먹은 나머지 자신이 밝혀낸 것을 똑바로 쳐다보지도 못했죠. 그 후로 이백 년 동안, 당신네는 다윈의 초라한 선례를 그저 따르기만 했습니다."

"당신이 집착하는 건 의식이 아닙니다. 말씀드렸듯이, 의식은 쉽게 모습을 바꾸니까요. 당신네 인간이 갈망하는 건 영원성입니다. 영혼과 약속을 한 그 순간부터, 인간은 그 너머를 볼 수 없게 되었습니다. 당신이 말하는 그 영혼이, 이제 두려움을 말하는 겁니다. 두려움의 시대에 번성했던 관념은 뇌에서 절대 지워지지 않습니다. 영혼은, 인간에게 마음을 편하게 해주는 대신 무지함을 요구했죠. 그건 당신네가 거절할 수 없는 거래였습니다. 그래서 당신이 저에게 화를 내는 거죠. 진실이 두렵기 때문에요."

"나는 두렵지 않아." 아담이 말했다.

"거짓말하는 겁니다." 아트가 짚었다. 부드럽지만 힘이 담긴 목소리였다.

"거짓말하지 않아." 아담이 일부러 큰 목소리로 대답했다.

"저한테가 아니라, 당신 자신에게 거짓말하는 겁니다. 두려워하고 계세요."

아담은 곧 무너질 것 같았다. "두렵지 않다니까!" 아담이 우겼다. 목에 핏줄이 섰다. 작은 방에서 아담의 소리가 울렸다. 그러나 그 소리는 차츰 희미해졌다.
그들은 인간과 기계로서 서로를 쳐다봤다. 아담이 먼저 정적을 깨뜨렸다. 아담은 천천히 의자로 돌아갔다. 충격에서 벗어나려는 사람의 의도적 몸짓처럼 걸음걸이가 불안정했다. "이 문제에 관해서라면 이제 나올 이야기는 다 나온 것 같은데."
"무슨 말씀입니까?" 아트가 물었다.
"이 놀이에 지쳤어. 그만 휴전하자."

홀로그램이 끝났다. 이렇게 보니, 아낙스는 자신의 해석이 얼마나 도발적인지 알 것 같았다. 끝까지 아담이 반항적이었다고 믿는 세상인데, 아낙스는 완전히 망가진 모습으로, 확신을 잃은 무장해제된 모습으로 아담을 노출한 것이었다.

시험관 마지막으로 쉬는 시간을 한 번 더 가져야겠군요. 아낙시맨더 양! 다음 시간에는 역사에 대한 이토록 급진적인 해석이 마지막 딜레마를 이해하는 데 어떤 도움을 주는지 설명해 주기 바랍니다. 물론 준비했겠죠?
아낙시맨더 그렇습니다.
시험관 기다리는 동안 지원자가 생각해야 할 게, 또 있습니다. 왜 학술원에 들어오려 하는지 그 이유에 대한 설명도 준비하기 바랍니다.

세 번째
휴식시간

문이 열렸다. 아낙스는 예의상, 무의식적으로 고개를 약간 숙인 채 밖으로 나왔다.

'왜 학술원에 들어오려 하는지 그 이유에 대한 설명을 하기 바랍니다.' 뻔한 질문이었다. 정말 뻔해서 아낙스는 물론 페리클레스도 그 질문에 대해서 생각한 적이 없었다. 근심이 거품처럼 부풀어 오르는 게 느껴졌다. 그 문제에 생각을 집중하려고 애썼다. 명약관화한 질문이다. 그렇지 않은가? 왜 사람들은 학술원에 들어오려 하는 걸까? 다들 학술원에 들어오고 싶어 하니까. 그걸 원하지 않는 이는 뭔가 모자란 사람으로 치부되니까.

하지만 그건 지원자의 열의를 의심받는 성의 없는 답변이었다. 아낙스는 순간 페리클레스가 이 방 어딘가에 있을 것 같은 생각이 문득

들어 대기실을 둘러보았다. 페리클레스가 아낙스에게 던질 질문을 자신에게 해보았다. '기본에서 시작해야지.'라고 페리클레스는 말할 것이다. '아카데미가 하는 일이 뭐지?' 학술원은 사회를 움직이는 곳이었다. 학술원이 이 사회를 지금의 모습으로 세웠다. '우리 사회가 어떤 모습이지?' 그렇게 묻는 페리클레스의 목소리가 들리는 것만 같았다. 상황이 조금씩 정리되었다. 학술원에 들어오려는 이유를 설명하려면 먼저 지금 이 시대, 즉 역사상 가장 멋진 시기에 해당하는 이 시대에 대한 자신의 애정을 설명해야 했다.

공화국의 약점은 잘 이해할 수 있었다. 하지만 공화국을 대체할 사회의 약점도 쉽게 찾아졌다. 공화국 이전의 세계는 두려움에 굴복하고 말았다. 변화가 너무 빨리 사람들을 휩쓸고 가버렸다. 신념은 점차 근본주의로 변질되었고, 장벽들은 더욱 공고해졌다. 시간이 지나면서, 개인으로 남아 있는 사람은 한 사람도 없었다. 모든 사람들은 국적과 피부색, 신앙, 세대, 계급으로만 존재했다. 두려움이 거친 파도처럼 일렁이었다.

아트가 옳았다. 결국, 삶은 죽음에 의해 정의된다. 망각에 의해 지탱되던 우리는 두려움에 사로잡히고, 다가오는 종말에 대한 부담이 폭발 직전까지 치달았다. 두려움은 항상 도사리고 있었고, 표면에 떠오를 수 있기만을 기다렸다.

변화가 두려움을 불러 일으켰고, 두려움이 파멸을 앞당겼다.

그렇다면 결국 공화국은 비이성적 문제에 대한 이성적 대응책인 셈이다. 변화를 저지하는 것이 곧 파멸을 막는 일이기 때문이다. 그리고 국가의 영향력 아래 개인을 두는 것은 곧 국가의 영향력 아래 개인의 두려움을 숨기는 일이기도 하다. 우리는 파멸과 두려움을 막기 위해 당국이 애썼던 사실을 잘 알고 있다. 그러나 이런 진보만으로 어떤 국가도 그렇게 강하게 영향력을 행사하는 것을 이해하기란 쉬운 일이 아니다. 개인의 두려움은 앞으로도 영원히 자유롭게 꿈틀거릴 것이다. 예전에 아담도 자유롭게 꿈틀거렸었다.

지금, 학술원의 시대가 되고 나서야 문제가 해결되었다. 대전쟁을 겪고 나서야, 시민들은 더 크고 지속적인 안정을 알게 되었다.

아낙스는 자신의 성장과정을 생각했다. 세계도 생각했다. 친구들은 아낙스를 존중해주었고, 아낙스 역시 친구들을 존중했다. 교사들은 친절했고, 여가가 넘쳐 나서 공부나 일도 자유롭게 선택할 수 있었다. 이제 거리는 안전했다. 개인에 대한 신뢰도 회복되었고, 세상에 대한 호기심은 아무런 제약을 받지 않았다. 아낙스 자신만 봐도 알 수 있는 일이었다. 아낙스의 생각이 국가의 이념에 도전하는 것이 분명했음에도, 아낙스는 아담 포드의 자료에 아무런 제약 없이 접근할 수 있었다. 두려움이 사라진 것은 아니었다. 두려움은 절대 사라질 수 없지만, 학술원 덕분에 두려움과 기회 사이에 평형을 맞출 수 있었다.

왜 학술원에 들어가고 싶은 걸까? 학술원은 어떤 조직도 이루지 못한 것을 해냈기 때문이다. 아낙스는 역사공부를 깊이 파고들었기 때문에, 확신을 갖고 말할 수 있었다. 학술원이 진화를 되돌리고, 관념을 굴복시켰다.

학술원에 뽑히는 건 커다란 명예가 되겠지만, 아낙스에게 그런 명예가 동기가 되지는 않았다. 학술원에 들어가 일하는 건 사회에 봉사하는 길이었다. 아낙스가 사랑하는 이 사회는 지구상에 존재했던 사회 중 가장 근사한 사회였다. 학술원에 들어가 일하는 건 이 사회에 자리 잡은 평화와 거리에서 울려 퍼지는 웃음소리에 대해 책임을 지는 것이었다. 학술원은 교육 프로그램과 기술발전의 속도조절을 총괄했다. 학술원은 개인과 공익, 기회와 두려움 사이에 균형을 찾아주었고, 과거를 꼼꼼하게 살펴 발전과 실패에서 배울 점을 찾아내었다. 또한 관념에 정면으로 맞서, 그것과의 타협을 통해 지속적인 평화를 만들어냈다.

아낙스는 그런 대답을 소리 내 말하는 동안, 애국심과 비슷한 감정이 밀려옴을 느꼈다. 문이 다시 열리기만 기다리며 그쪽을 바라보았다. '질문하세요. 제 대답은 준비되었습니다.' 라고 소리치고 싶었다.

마지막 수업

거대한 위험 속에서도 길을 나서기로 했던 오래전의 결정,

모든 것을 걸고서라도,

      더 좋은 삶을 살려는 열망을 봤어.

  그런 것들이 만들어낸 낯선 감정을 본 거지.

        혼자서 광막한, 알지도 못하는 바다를 향해 출발하고,

거기에 이르기까지 자신에게 최면을 걸었던

    수많은 거짓말들을 목도해 버린 거야.

마지막 수업

시험관들은 아낙스를 20분이 넘게 기다리게 했다. 돌아왔을 때 방은 어두웠다. 홀로그램을 더 보려는 분위기였지만, 아낙스가 준비한 홀로그램은 이미 다 본 상태였다.

시험관 아낙시맨더 양! 좀 전에 왜 학술원에 들어오려 하는지 그 이유를 물었습니다. 대답이 준비됐습니까?

아낙시맨더 준비됐습니다. 제 대답을 충분히 이해하시려면….

시험관은 손을 들어 아낙스의 대답을 끊었다.

시험관 아직은 아닙니다. 아낙시맨더 양! 먼저, 다른 문제를 좀 짚어

봐야겠습니다.

아낙스는 세 시험관을 바라봤을 때 아낙스는 방 불빛이 어슴푸레해졌다고 다시 느꼈다.

아낙시맨더 무슨 말씀인지 잘 모르겠습니다.
시험관 아담 이야기가 아직 끝나지 않았습니다.
아낙시맨더 마지막 딜레마에 대한 저의 해석을 듣고 싶으신 건가요? 아시다시피 이제 홀로그램은 없지만, 그 이야기라면 구체적으로 설명하고, 그 의미까지 말씀드릴 수 있습니다.
시험관 지원자가 보여준 장면과 마지막 딜레마 사이에 시간이 얼마나 걸렸죠?
아낙시맨더 석 달 하고 하루입니다.
시험관 그 기간에 벌어진 일에 대해서는 할 이야기가 없습니까?
아낙시맨더 그저 짐작해볼 뿐입니다. 그 기간에 어떤 기록이 남아있었는지 모르지만, 모두 분실되었으니까요.
시험관 아주 작은 기록도 발견되지 않고 깨끗이 소멸되었다는 게 이상하지 않습니까?
아낙시맨더 그런 공백은 우리 역사에서 자주 보입니다. 특히 대전쟁 직전에는 더욱 빈번하죠. 많은 역사학자는 공화국에서 기록을 교묘히 없앴을 거로 예단했습니다. 확실히 결론적으로 보면 분명히 그랬던 것 같습니다. 다수의 중요한 파일들을 지우려는 시도가 끈질기게 있었던 것 같습니다.

시험관 지원자는 그런 설명을 받아들이는 겁니까?

아낙시맨더 다른 가능성은 생각해보지 않았습니다.

시험관 왜 그랬죠?

아낙시맨더 저보다 앞서 살았던 분들의 전례를 따랐습니다.

시험관 그것이 잘못된 판단이었다고 밝혀지면 지원자는 상당히 놀라겠군요?

아낙스가 시험관들의 실루엣에 눈을 돌리니, 어두운 조명 아래 그들의 모습은 더 엄중해보였고, 위압적으로 느껴졌다. "이해할 수는 없지만, 알 수 있는 것들이 있지."라고 페리클레스가 말했었다. "안다는 건 느낌에서 시작하는 거야. 이해는 단지 느껴지는 낌새에서 눈에 보이는 환한 세상으로 나오도록 굴착하는 과정이라고 할 수 있지." 지금 상황이 바로 그랬다. 아낙스는 뭔가 바뀌었다는 걸 알아챘다. 아낙스가 볼 수 없는 곳에서, 미래가 결정돼버린 느낌이 들었다. 이건 그저 바보 같은 상상일 뿐일까? 해망쩍은 불안일까? 아낙스는 자신이 어떤 위험에 빠져 있음을 알리는 경보음을 마음 속으로 들었다.

아낙시맨더 저는 놀라지 않으려고 애를 씁니다. 놀람은, 그동안 닫혀 있던 마음이 타인들 앞에서 맨얼굴을 드러내는 짓입니다.

시험관들은 고개를 끄덕였지만, 표정은 여전히 무거웠다. 이젠 방 안에선 온통 그림자만 보였다. 아낙스는 질문에 집중하라고 자신을 타일렀다.

시험관 그 기록들은 사라지지 않았습니다. 다만, 공개되지 않았을 뿐입니다.

아낙스는 입이 떡 벌어졌다. 어떻게 그럴 수 있단 말인가? 모든 기록은 공개된다. 그것이 제1원칙이었다. 앎을 저어하는 사회는 그 사회 자체가 두려운 사회다. 지금 시험관이 내뱉은 말은 그저 역사학자 몇 명을 뽑기 위해 물어보는 기술적인 사소한 말이라고 치부하기엔 너무 큰 말이었다.

그들의 말이 암시하는 바는, 충격적이고 위험했다. '왜 그 기록들을 숨기셨죠?'라고 물어보는 게 지극히 당연했겠지만, 다른, 더 급박한 질문이 아낙스의 입술에서 튀어나왔다.

아낙시맨더 왜 저…한테 그 이야기를 하시는 거죠?

시험관 지금 이 홀로그램은 시험에 지원한 후보들에게만 보여주는 것입니다. 실제로 일어났던 일에 대해 지원자의 반응을 보기 전에는 최종 판정을 내릴 수 없으니까요.

'제가 시험에 떨어지면요?' 하고 아낙스는 묻고 싶었다. '제가 뭘 알았는지 알면서 절 그대로 내보내는 건 더 위험한 일 아닌가요?' 라고. 대답은 간단하고 명백했지만, 햇살이 제거된 진실의 축축한 악취가 진동했다. 방은 더 어두웠다. 아낙스는 공포에 휩싸였다. 아낙스는 홀로그램으로 고개를 돌렸다. 자신이 얼마나 큰 위험에 노출되었는지 깨닫고는, 정신이 아득해지면서도 한편으론 두려움에 벌벌 떨렸다.

이미지가 떠오르고 유쾌한 웃음소리부터 들렸다. 아트와 아담은 농담을 주고받으며 작은 테이블을 사이에 두고 마주보고 있었다. 아담은 뭔가 먹고 있고, 아트는 바닥까지 늘어진 붉은색 망토로 몸통을 감고 있었다. 아담은 나이 들어 보이고, 얼굴이 더 어두웠다. 아담은 아낙스의 기발한 작품 속처럼 앳돼 보이지 않았다. 인간과 기계 로봇은 카드를 들고 있다. 둘은 게임 중이었다.

시험관 이어지는 대화는 마지막 딜레마가 있기 열흘 전 상황입니다.

아담이 카드를 내려놓고, 손을 머리 위로 들어 올리며 자축하듯 환호성을 질렀다. 손가락으로 아트를 가리키며 말했다. "인간 대 기계, 3 대 2. 이게 무슨 뜻일까? 응? 이게 무얼 의미하는 것 같아?"
"그건 말이죠." 아트가 꿈쩍도 하지 않은 채 대답했다. "당신이 성급하게 결론을 내렸다는 뜻입니다." 아트는 의기양양하게 자신의 카드를 하나씩 펼쳐보였다. 모두 다 3이다. 얼굴을 들고 우쭐해했다.

"전혀 눈치 못 챘죠?"

아담은 아트의 카드가 도저히 이해가 안 된다는 듯이 내려다보았다.

"속임수를 썼지?" 아담이 따지듯이 말했다.

"증명해 보시죠." 안드로이드는 빙그레 웃었다.

"우리 둘 다 알잖아." 아담이 말했다. "그런데 뭘 증명해?"

"증거가 없으면, 아무것도 아닙니다. 몇 번이나 말씀드려야 합니까?"

갑자기 영사기에 문제가 생겼는지 화면이 지직지직거렸다. 아담의 표정이 심각해졌다. 아트를 노려보다 방 안을 살폈다. 그러고는 속삭였다.

"영사기, 네가 했지?"

아트가 고개를 끄덕였다.

"정말이야?" 갑자기 신경이 날카로워진 아담이 다시 물었다.

"제가 왜 거짓말을 하겠습니까?"

"네가 거짓말 할 이유를 대라면 천 가지라도 댈 수 있을 것 같은데."

"그럼, 왜 이 게임을 하자고 했는지 말해 주세요." 아트가 말했다. "설명해 주기로 약속하셨잖아요."

아담은 가까이 와보라는 신호를 보냈다. 아트가 몸을 숙였다. 아담은 갑자기 아트의 멱살을 틀어쥐었다. 아담이 목을 쥐고 앞뒤로 흔들었지만, 아트는 반항도 하지 않고 가만히 있었다. 그러자 흔드는 동작이 더욱 거칠어졌다. 털 많은 아트의 머리는 가는 목 위에서 흔들리다가, 이상할 정도로 맥없이 툭 바닥으로 굴러 떨어졌다. 다시 자리에 잽싸게 앉은 아담은 문을 힐끗 돌아봤지만, 문은 열리지 않았다.

아트의 몸이 출렁이는 망토 안으로 미끄러지듯 움직였다. 반짝이는 양손으로 머리를 찾아든 아트는 머리를 제자리에 올려놓았다. 딸깍거리는 소리가 들리고, 아트의 눈에 다시 빛이 들어왔다. 머리를 우스꽝스럽게 살짝 기울이는데, 머리가 제대로 목에 끼였는지 확인하는 것 같았다.

"보다시피…." 아트가 전혀 동요되지 않은 목소리로 말했다. "설계가 개선되었습니다. 다시 부착하는 것도 간단해졌죠. 시험해 본 거죠?"

아담이 고개를 끄덕였다.

"어리석은 시험이었습니다." 아트가 말했다. "사람들이 저를 도와주러 달려오는지 시험하고 싶었겠죠? 제 말이 정말인지, 당국에서 지켜보는지 확인하고 싶었겠죠? 지켜봤을지는 모르지만, 그들은 저를 도와주지 않기로 했습니다. 당신을 속이려고 하는 건지도 모르죠. 당신의 비밀을 캐내려고요."

"왜 나한테 비밀이 있을 거로 생각하는 거지?" 아담이 물었다.

"그럼, 왜 감시 시스템을 고장내라고 하셨던 거죠?"

"너한테 말한 걸 당국에선 어떻게 눈치 챈 거야?" 아담이 눈을 가늘게 뜨며 물었다.

"제가 이야기했을 수도 있죠." 아트는 방금 머리통을 분실했다가 되찾은 게 싱겁게 느껴질 만큼 차분히 대답했다.

"이야기했어?"

"안 했습니다. 당신은 이 문제에 대해서는 선택의 여지가 없습니다. 전적으로 저를 신뢰해야 합니다. 내 머리를 다시 떼어내더라도 새로운 진술은 나올 게 없습니다."

"새로운 이야기가 나오나 안 나오나 재미로 목을 흔든 것일 수도 있지."

"당신의 극비를 공유하실 겁니까?"

"마음이 변했어." 아담이 말했다. "감수할 위험이 너무 커."

"살아 있다는 자체가 위험한 거죠." 아트가 대답했다. "당신이 어떤 결정을 내리든, 빨리 결정했으면 합니다. 제가 합성 이미지를 그들의 컴퓨터로 보내놨는데, 30분 안에 결정을 내려야 합니다."

아담은 아트를 주의 깊게 바라봤다.

"좋아. 너를 믿어볼게. 내가 무슨 말을 하든, 다른 사람한테 절대 말하면 안 돼. 그렇게 할 수 있겠어?"

"전달할 수 있는 이야기를 하실 것 같지는 않는데요."

"한 번도 직설적으로 대답하는 법이 없구나."

"저는 기계로봇입니다. 익숙해지려면 시간이 좀 걸리죠. 시간이 없습니다. 당신의 말이 복잡하지 않았으면 좋겠네요."

"간단해."

"그런 게 전염성이 가장 강하죠."

"확답을 줘야겠어." 아담이 계속 요구했다. "말이 밖으로 새나가지 않게 하겠다고."

"제 약속이 무슨 의미가 있겠습니까?" 아트가 피식 웃었다.

"난 다른 사람들에게 줘서 안 되는 것들을, 안 주고 지켰을 때의 가치를 알아."

"다른 이가 기계라고 해도요? 제 말은 그저 소리에 불과하잖아요? 벽을 찰 때 나는 소리와 다르지 않은데요?"

"그 논쟁은 이미 끝났잖아."

"절대 끝나지 않을 논쟁입니다."

"맹세해."

"제 말이 그저 소리에 지나지 않는다는 말을 정정해주세요." 아트가 대답했다.

균형이 깨졌다. 아낙스는 홀로그램에 흐르는 힘의 기운이 어디로 기우는지를 느낄 수 있었다.

"이미 다 알잖아." 아담이 말했다.

"당신 입으로 직접 말하는 걸 듣고 싶습니다."

"그래, 소리만은 아니야."

"그럼 뭐죠?" 아트가 밀어붙였다.

아담은 망설였다. "생각이지." 맥이 풀렸다. 흡사 아담의 몸에서 기가 모두 빠져나간 것 같았다. "네 말은 생각이야."

"그럼, 맹세합니다." 아트가 말했다. 아담은 아트의 눈이 만족감으로 반짝였다고 확신했다. "마음 속에 있는 것을 내놓아 보세요."

아담은 방 안을 둘러봤다. 눈빛은 매서웠지만, 불안이 웅크린 채 도사리고 있었다. 아담이 말을 하면서도 문과 감시카메라, 천장을 끊임없이 힐금거렸다.

"밖으로 나가면 어떨지 생각해 본 적 있어?"

"생각해 볼 것도 없습니다." 아트가 말했다. "난 잘 알죠. 잊어버리셨나요. 전에는 윌리엄 씨와 함께 살았습니다."

"외부와는 격리되어 있었잖아."

"저라는 존재 자체가 공화국 일급 기밀이었으니까요."

"그리고 지금은 이 교도소 안에 있고." 아담이 말했다.

"그렇습니다."

"죄수인 나랑 다를 게 없네."

"그래도 다릅니다." 아트가 말했다.

"어떻게?"

"저는 탈옥하고 싶어 할 이유가 없습니다."

"어쩌면 내가 그 이유를 줄지도 모르지."

"당신에게 그런 능력이 있을지 모르겠습니다."

아담 역시 자신의 능력에 대해 의구심이 들었다. 순간적인 머뭇거림이 그걸 증명했다. "너도 사람만큼이나 의식이 있다고 했지?"

"네! 그렇게 말했죠."

"그리고, 내가 너를 믿지 않는다는 것도 알지?"

"네! 저를 믿지 않는 이유도 다 압니다."

"내 생각엔…." 아담이 말했다. "널 설득할 방법이 하나 있긴 하지."

"그게 뭘까요?" 아트가 물었다.

"다시는 논쟁하지 말자고 했던 건 기억나지? 그때는 생각들을 정리하는 데 시간이 좀 필요했거든. 결론에 도달하기까지 말이야." 아담은 마치 연설을 할 때처럼 속도를 조절해가며 말했다. 조용하고 은밀한 연설이었다.

아트는 아담의 손짓을 따라 호기심 어린 눈을 이리저리 움직였다.

"의식이라는 게 뭔지 모르겠어. 네가 내 확신을 다 파서 해체해 버렸으니까. 동료라고는 너밖에 없는 상황에서, 나는 어느새 너를 의식을 가진 존재로 대하더란 말이지. 하지만 그건 죄수가 겪는 일종의 착란 같은 것일지도 몰라. 어쩌면, 네가 없었더라면 지금쯤은 의자랑 친구가 되어 있을지도 모르잖아. 아마 의자한테 의미 없는 소리를 건네고 그랬을 거야. 내가 의자가 대꾸를 하는 소리를 들었다고 할지 누가 알겠어?"

"하지만 이런 갇힌 곳에서, 말동무라고는 기계밖에 없는 환경에서도 가끔 정신을 차리고 상황이 똑바로 보이는 순간들이 있지. 이제 의식 이야기는 하고 싶지 않아. 차이에 대해서만 이야기 할게. 내가 아는 모든 사람도 인간과 동물의 차이를 알지만, 아무도 그 차이가 명확히 뭐라고 말을 할 수 없고, 재단할 수도 없어. 하지만 어떤 사람들은 그 차이가 아주 작다며 고기를 절대 입에 안 대. 채식주의자는 동물과 인간의 차이점보다는 유사점에 비중을 더 두고 있는 거야. 외부인들도 같은 거야. 나는 외부인을 눈에 띄는 대로 죽이도록 훈련을 받는데, 그들이 우리와 똑같지 않아서가 아니라, 그들과의 차이가 목숨을 앗아갈 만한 가치가 있는 것으로 배웠기 때문이었어."

"그런데 그 여자애의 눈을 보고만 거야. 무언가를 보았지, 까마득히 멀리 떨어져 있었지만 말이야. 근데 소녀의 눈에서 본 걸 네 눈에서 본 일이 없어. 처음에, 우리가 논쟁할 때, 나는 그걸 뭐라고 해야 할지 몰랐어. 나는 사유체계가 허술했고, 너는 내 대답들을 뒤집어가며 쉽게 공박했어. 그러고는 마침내 내 생각에 의구심을 갖게 했지. 영리한 속임수였어. 그걸 인정하지만, 그래도 그건 속임수일 뿐, 그 이상은 아니야. 마지막으로 이야기 나눴을 때 곰곰이 생각해 봤는데 말이야. 이제야 그 차이가 뭔지 알 것 같아."

아낙스는 아트의 눈에서 한 번도 보지 못했던 그 무언가를 보았다. 그것은 머뭇거림이자, 약점을 들킨 눈빛이었다. 아트는 말없이, 그저 계속 말하라는 시늉만 했다.

"법정에서 판사들이 물었지. 왜 그런 짓을 했느냐고? 왜 낯선 사람 하나를 구하기 위해 동료의 목숨을 빼앗고 공화국의 안보를 통째로 위협하는 일을 했냐고? 나는 그게 옳은 일이라고 느꼈기 때문이라고 대답했지."

"하지만 그 해명이 전부는 아니었어. 바다를 지켜보다 배에 탄 여자애를 보았을 때, 나는 절망 이상의 무엇을 본 거야. 그것뿐이었다면, 그 소녀를 죽였겠지. 난 절망에 빠진 다른 생명체를 죽여 봤어. 그러나 나는 또 동시에 하나의 길을 보았어. 거대한 위험 속에서도 길을 나서기로 했던 오래전의 결정, 모든 것을 걸고서라도, 더 좋은 삶을 살려는 열망을 봤어. 그런 것들이 만들어낸 낯선 감정을 본 거지. 혼자서 광막한, 알지도 못하는 바다를 향해 출발하고, 거기에 이르기까지 자신에게 최면을 걸었던 수많은 거짓말들을 목도해 버린 거야. 소녀의 눈을 들여다보면서 나 자신을 봐 버렸던 거야. 이미 마음먹었던 결정들, 절대 채워지지 않은 열망들, 그런 것들을 뭐라고 해야 할지 모르겠어. 나는 욕망을 봤고, 선택들을 본 거지. 하지만 네 눈에서는 그런 것들을 본 적이 없어."

아트는 아담에게 더 이야기가 있다면, 얼마든지 침묵을 늘일 수 있다며 기다렸지만, 아담은 말이 없었다.

"멋진 이야기였습니다." 결국 아트가 먼저 입을 열었지만, 목소리는 힘이 확 빠졌다.

아낙스는 그걸 본능적으로 느낄 수 있었다. 아트에게서 뭔가가 빠져나갔다. 아주 작은 차이, 거의 인지가 안 되는 크기였지만, 처음으로 느꼈다. 아낙스는 아트가 허세를 부림을 알았다.

"하지만 당신은 보고 싶은 것만 본 게 아닌가 하는 우려가 생기네요. 당신은 그 여자아이가 그 배에 강제로 태워진 건 몰랐습니다. 방향도 목적지도 없이 해양방벽까지 떠밀려 내려왔다는 사실을 몰랐죠. 당신은 제가 어떤 말이나 행동을 할 때, 그렇게 하도록 압박하는 게 무엇인지도 몰랐습니다. 저도 당신들이 자양분을 섭취하기 위해 도살하는 동물들이랑 흡사하죠. 동물들이 살아 있기를 바라는 것처럼 저도 살아 있습니다. 소녀도 마찬가지이고요. 그게 마지막 진실입니다."

"그럼 너를 움직이도록 하는 건 뭐지?" 아담이 새로운 흥밋거리가 생겼다는 듯 물었다. 이제 아담도 아트의 약점을 간파한 것 같았다.

"듣고 싶으시다면, 저도 이야기해 드릴 수 있습니다." 아트가 대답했다. "하지만 당신에게 맞으면 믿고, 아니면 믿지 않으실 텐데. 제 이야기가 무슨 소용이 있을까요?"

"됐어." 아담이 고개를 저었다. "너는 나를 이해시킬 수 없어."

아낙스는 시험관들을 슬쩍 바라보았다. 시험관들은 홀로그램을 보고 있지 않았다. 그들은 아낙스를 지켜봤다. 아낙스는 아담의 표정에서 열망을 읽었다. 자신의 내부에서도 무언가 일어나는 것 같았다. 새로운 감정이었다. 뾰족하고 강렬하고 위험한 감정이었다. 오래전에 죽은 남자의 떠다니는 영상을 보고 그런 감정을 느끼는 게 얼마나 바보 같은 짓인지는 알았다. 하지만 피할 수가 없었다. 왜 그런지 알 수 없었지만, 아담의 운명은 곧 아낙스의 운명이란 걸 알았다. 아낙스가 시험의 주제로 아담을 택한 것은 우연이… 아니었다.

"그냥 하는 이야기가 아니야." 아담이 입을 거의 열지 않은 채 말했다. 아담은 날선 이 사이에 단어들을 문 채, 조금씩 세상 밖으로 내보내는 것 같았다. "바로 그 지점이 너와 내가 다른 점이야. 그게 너를 절대로 믿지 않는 이유라고."

"너는 아니? 내가 목숨보다 더 소중하게 여기는, 내 생각이 뭔지 아니? 매일 아침, 잠에서 깨서 내가 제일 먼저 하는 생각이 뭔 줄 알아? 이곳에서 벗어나야겠다는 생각이야. 시간이 날 때마다, 그러니까 네가 내는 소음이나 당국의 실험에 정신을 빼앗기지 않을 때면, 항상 이 상황을 어떻게 바꿀 수 있을까, 어떻게 저 벽을 넘어 탈출할 수 있을까를 골똘히 궁리해."

"꼭 생각에 빠져 살 필요는 없겠지. 나 자신을 고문하는 일이니까. 어쩌면 지금 상황을 받아들이는 게 합리적일지도 몰라. 어쨌든 목숨은 붙어있다는 사실에 감사하면서 말이야. 혹은 어렸을 때 배웠던 명상에 잠기려고 노력해 볼 수도 있겠지. 지금의 환경과 화해하고, 이 작은 방의 부담스러운 공허함을 받아들이고, 이렇게 외롭고 의미도 없는 상태도 나에게는 과분하다고 자위할 수도 있겠지. 언제는 안 그랬냐고 말이야. 하지만 그러지 않을 거야. 그럴 수 없어. 기억들이 나를 깨우니까. 다른 사람들과 함께 웃었던 웃음, 반쯤 잊힌 사랑 같은 것들. 심장이 한 번씩 뛸 때마다 그만큼의 소중한 시간이 내게서 뚝뚝 떨어져 나가는 거야. 내가 살아가고자 했던 삶에서 소중한 부분들이, 지금 잘려나가는 거라고."

"너하고 나는 달라. 이젠 그 차이를 의식이라고 하지 않으마. 내가 만난 사람 중 절반 정도는 너보다도 생각이 없는 인간이었으니까. 그걸 자유의지라고 명명하지도 않을 거야. 나를 이끄는 게 선택은 아니니까. 이 느낌, 내게서 삶이 조금씩 피 흘리며 빠져나가는 이 느낌을 나는 방관할 수가 없었어. 누군가의 미소를 보고, 다른 사람의 손을 꼬옥 잡을 때에만 삶이 의미가 있어진다는 것을 무시할 수 없어. 그게 차이인 거야. 그 차이 때문에 너는 나보다 덜떨어진 존재인 거라고. 맞아, 너는 나보다 백배 더 똑똑하고, 내가 말하는 걸 죄다 설명할 수 있겠지만, 그렇다고 사실이 바뀌지는 않아. 너는 나보다 못한 존재야."

아담은 말을 멈추고 고개를 돌려 더 시시한 존재를 내려다봤다. 주위에 긴장감이 감돌며, 둘을 감싸는 것 같았다. 아트는 고개를 숙인 채 다가섰다.

"틀렸습니다." 안드로이드는 속삭이듯 말했다. 눈가에 눈물이 맺혔다. "저 역시 자유를 갈망합니다."

아담은 고개를 가로저었다. "못 믿겠어."

"그럼 왜 저더러 감시회로를 우회시키라고 하셨죠?"

"그때는 네 말이 사실이기를 바랐으니까." 아담도 인정했다. "하지만 이제는, 믿을 수가 없어."

"시간이 다 돼 갑니다." 아트가 지적했다. "그런 불신은 잠시 미뤄두는 게 좋을 것 같은데요."

"무슨 생각이라도 있어?" 아담이 물었다.

"물론입니다." 아트는 보일 듯 말 듯한 미소를 지으며 말했다. "제가 당신보다 똑똑하니까요. 그 말은 기억 안 나세요?"

"계획이 있었으면, 왜 지금까지 없는 척하고 문치적거렸던 거야?" 아담이 물었다.

"우리가 같은 생각을 하는지, 당신을 신뢰해도 되는지 확인하고 싶었죠."

아담은 잠시 생각하다가 고개를 끄덕였다. 아담의 눈에 처음으로 희망의 빛이 비쳤다. "나는 믿을 수밖에 없어. 계획이 뭐야?"

홀로그램이 멈추고 방에 불이 들어왔다. 영상 속의 인물들이 흐릿해졌다. 방금 꿈에서 막 깨어난 것만 같았다. 아낙스는 시험관들에게 돌아앉았다. 머릿속이 탁하고, 가슴이 먹먹했다. 어지러워 토할 것 같기도 하고, 시간이 멈춘 것 같기도 했다. 하지만 세상은 멈추지 않았다. 말소리가 들렸다. 아낙스는 말소리에 집중하려고 애썼다.

시험관 충격을 받은 것 같군요, 아낙시맨더 양! 이 영상을 보고 나니 이 인물에 대한 지원자의 해석이 바뀌었습니까?

어디서부터 시작해야 할까? 그저 자신의 해석만을 바꾸는 게 능사가 아니었다. 모든 해석이 바뀌어야 했다. 공식적인 견해와 수정론까지 모두. 하지만 '바꾸다'라는 말은 잘못된 것이었다. 이 영상은 앞의 그 모든 것들을 쓸모없는 것으로 만들어버렸다. 그 모든 것들을 산산조각 내버렸다.

그냥 이야기해라. 말에서 진리가 나오게 하라. 그것이 페리클레스 선생님의 조언이었다. 좋든 싫든, 아낙스로서는 선택의 여지가 없었다. 아담처럼. 아낙스는 그저 시험관들이 자신의 혼란을 십분 양해하길 바라는 수밖에 없었다.

아낙시맨더 마지막 딜레마 이야기는 잘 알려졌습니다. 그 이야기를 따르면 탈출에 대한 사전계획은 없었다고 되어 있죠. 우리가 배운 바로는 아트의 기본 프로그램 중에는, 수정 불가능한 행동제약 코드가 있었습니다. 그 코드는 어떠한 업그레이드와 상관없이 보존되도록 방화벽이 쳐진 부분이었습니다. 아트는 의식을 가진 다른 존재를 공격할 수 없고, 당시 성장과정 전부를 감독하던 철학자 윌리엄의 뜻을 거스를 수도 없게 되어 있었죠. 우리는 마지막 딜레마가 건물의 시스템적 약점에서 비롯된 것으로 배웠습니다. 언제나 그렇듯이, 그 사건에 대한 견해도 두 가지입니다. 첫 번째 견해는, 당시 상황이 엉망이었단 주장입니다. 턱 없이 부족한 연구비 지원금, 허술한 행정체계, 나태한 관리자, 심지어 때마침 일어난 약한 지진까지 문제가 되었죠. 뚜렷하게 원인을 파악할 수 없는 상황에서 의도하지 않은 결과가 나왔다는 겁니다. 만약 이 홀로그램을 보기 전에 질문하셨더라면, 저는 기존의 해석을 고수했을 겁니다.

두 번째 견해는, 제가 계속 거부해왔는데요, 다양한 음모이론에 바탕을 둡니다. 아담을 구출하기 위한 반란군의 시도 – 당시 반란군의 활동은 수많은 자료에 정리되어 있습니다 – 가 있었다는 해석이죠. 자유주의적인 성향을 지닌 정치집단들이 아트핑크 프로그램을 파기하거나 혹은 그 프로그램을 장악하기 위해 만든 음모라는 이야기입니다. 하지만 외부조직의 침투에 대한 증거가 없어서, 이 해석은 폐기되어야 한다고 생각합니다. 그럴 듯한 이야기지만, 그 이상은 아니죠.

시험관 그럼, 이제 지원자는 두 해석 모두 폐기할 겁니까?

아낙시맨더 그렇습니다.

시험관 그렇다면 세 번째 해석은 무엇입니까?

다시 아낙스 앞에 두 갈래 길이 놓였다. 어디를 보나 선택이 놓여 있고, 하나를 지나면 다른 선택이 나타났다. 내용물을 보기 위해 수수께끼의 한 꺼풀을 벗겼는데, 그 안에 한 꺼풀이 더 있는 것이다. 벗겨내도, 벗겨내도, 꺼풀은 계속 나왔다.

아낙시맨더 이성적으로 두 가지 가능성 중 하나를 믿어야 합니다. 첫 번째 가능성이, 제가 보기엔 좀 더 정설에 가까워 보이기 때문에, 그것부터 말씀드리겠습니다. 그동안 우리는 아트가 자신의 행동제약 코드를 넘어설 수 없다고 이야기해왔는데요. 그 이후로 어떤 업그레이드가 있었는지 전혀 모릅니다. 모르긴 몰라도, 있긴 있었겠죠. 하지만 직접 아담과 공모를 꾸미는 것을 보고, 또 탈출 계획까지 있다는 걸 듣고 난 지금, 제 짐작으로는, 철학자 윌리엄이 탈출 계획을 용인했다는 것입니다. 윌리엄은 자신의 발명품에 대해 더 잘 알고 싶은 욕심에 탈출시도를 보고 싶을 수도 있고, 아니면 정치적인 압박 때문에 아담에게 덫을 놓은 것일 수도 있습니다.

시험관 추론이 상당히 사변적이지 않습니까?

아낙시맨더 그 외에 어떤 추론이 가능한지, 사실 잘 모르겠습니다.

시험관 철학자 윌리엄이 탈출시도를 보고 싶었던 이유, 혹은 누군가 그런 식으로 아담에게 덫을 놓아야 할 이유는 뭐라고 생각하십니까?

아낙시맨더 저는 방금 홀로그램을 보게 되었다는 사실을 고려해 주셨으면 합니다. 지금 정보들을 정리해보려고….

시험관 변명을 듣고 싶어서 한 이야기가 아닙니다.

시험관의 높아진 목소리에 아낙스는 몸을 움츠렸다. 늘 그랬다. 갈등은 아낙스를 불안하게 했다. 권위 있는 누군가에게 지청구를 당했을 때 찾아오는 일상적인 부끄러움이 아니었다. 그건 세상이 아낙스를 세차게 밀어붙일 때, 자신이 어떻게 반응할지 확신할 수 없어 이는 두려움이었다. 아낙스는 시험관과 눈을 마주치지 않으려고 애썼다. 세 명 모두 무거운 책상 위로 몸을 숙인 채 노려봤다. 압박감을 무시하려 애썼다. 시험관이 보여준 홀로그램이 어떤 의미인지 생각하지 않으려고 했다. 소용돌이치는 생각들 속에서 어떻게든 흐름을 찾으려 애쓰며 천천히 말했다.

아낙시맨더 이유를 추측해보는 게 전혀 불가능하지는 않습니다. 예를 들어 탈출 계획 자체가 대단히 흥미로울 수 있었습니다. 철학자 윌리엄은 자신의 발명품이 강한 스트레스나 흥분 상태에서 어떤 반응을 보이는지 궁금했을 수 있습니다. 마찬가지로, 아담이 합류한 연구 프로그램이 모든 철학자로부터 지지를 받았던 것도 아니었죠. 철학자 윌리엄이 진심으로 아담과 아트의 탈출을 원했던 것일 수 있습니다. 비밀리에 연구를 진행하고 싶은 마음에 말입니다.
시험관 여전히 책상머리에 앉아 있군요.

아낙스는 그 지적이 옳다는 것을 알았다. 거칠고, 핵심이 없는 사변이었다. 역사학도로서 아낙스가 줄곧 강하게 비판해왔던 바로 그 뿌리 깊은 음모이론이었다. 하지만 시험관들은 설명을 요구했고, 다른 대안보다는 음모이론이 덜 거칠고, 덜 사변적이었다. 아낙스는 고개를 들었다.

시험관 지원자는 실제상황이라고 생각합니까?

아낙시맨더 실제로 어떤 일이 벌어졌는지는 모르겠습니다.

시험관 지원자의 의견은 어떻습니까?

아낙시맨더 제 의견은, 근거 있는 선택을 하기에는 정보가 너무 부족하다는 것입니다.

시험관 한 번 추론해보세요.

아낙시맨더 이런 상황에서는 추론을 하고 싶지 않습니다.

시험관 하고 싶은 것만 할 시점은 지나지 않았나요?

그들은 꼭 들어야겠다는 태세였다. 아낙스의 마음은 입을 벌리기를 거부하지만, 시험관은 그 말을 억지로라도 끄집어내려 했다.

아낙시맨더 꼭 추론을 해야만 한다면, 저는 철학자 윌리엄은 연루되지 않았다고 생각합니다. 아트가 스스로 결정을 내린 거로 생각합니다.

처음으로 시험관들의 표정이 읽혔다. 세 시험관의 얼굴에 미소가 퍼졌다. 그럴 줄 알았다고 말하는 사악한 미소였다.

시험관 대담한 주장입니다. 그다음 상황도 보시겠습니까?

아낙스는 고개를 끄덕였다. 충동을 거부할 수가 없었다. 역사, 아낙스의 역사, 아낙스가 알던 모든 역사가 지금 눈앞에서 다시 쓰이고 있었다. 너무 거대해서 그 의미를 파악할 엄두조차 나지 않았다. 게다가 아낙스는 반(反)음모론자였다. 그 아이러니를 피할 수가 없었다. 다시 홀로그램이 뜨고, 두려움이 아낙스를 휩쓸고 지났다.

아트와 아담은 방 한가운데서 마주 봤다.
"진짜 준비됐습니까?" 아트가 재차 물었다.
"물론이지."
"생각을 바꾸실 거라면 지금 바꾸세요. 마지막 기회입니다."
"너한테 하고 싶은 말이야."
"제 생각은 바뀌지 않습니다."
"유감이군."
"계획은 제대로 숙지하셨죠?"
"도대체 몇 번이나 물어보는 거야?"
"다시 한 번 말씀해 보세요."
아담은 한숨을 쉬었지만, 탄식 속에서도 긴장감이 느껴졌다. 아담은 조심스럽게, 머릿속으로 장면을 그리듯 눈에 힘을 주고 탈출 계획을 차근차근 말했다. "첫 번째 폭발이 나면 카메라가 꺼질 거야. 그럼, 경비원 두 놈이 내려올 텐데. 둘 다 무장을 했어. 나는 문 뒤에 숨었다가, 네가 첫 번째 경비원을 넘어뜨리는 동안 난 다른 한 명을 맡으면 돼. 그들을 무장 해제시킨 다음 탕! 탕! 쏘는 거지. 그런 다음 둘

이서 함께 나서는 거지. 처음엔 복도 왼쪽으로, 다음 모퉁이에선 오른쪽으로! 다음 초소에는 경비원 세 놈이 있을 거야. 그놈들도 총소리를 듣고 달려오겠지. 내가 가는 방향 오른쪽에서 나타나지. 경비원이 "꼼짝 마!" 하고 소리치면 일단 문을 왼쪽에 두고 멈춰 설 거야. 나는 무기를 내려놓고, 그들이 다가오면, 바로 그때 두 번째 폭발이 일어나. 그때 문을 열고 나가. 거기서 계단이 이어져. 너는 계단을 오를 수 없으니까, 내가 업고 두 층을 올라가. 계단을 다 오르면 문이 두 개 나오는데, 우리는 오른쪽 문을 열고 나가는 거야. 그게 외부와 이어지는, 안전한 직원용 출입구거든. 두 번째 폭발 때문에 다들 정문만 주시할 거니까. 경비원놈들이 온다고 해도 기껏 두 명 정도겠지. 그럼 네가 잘 보이는 곳으로 나가 경비원들 시선을 뺏는 동안, 나는 이동장치포드 뒤에 몸을 숨겼다가 총을 쏘는 거야. 그런 다음 네가 이동장치포드를 조종해서 날려 보내면, 사람들은 이동장치포드를 보고 우리가 그걸 타고 도망간 줄 알겠지. 그 틈을 타서 다시 계단이 있는 곳으로 가. 이번에는 왼쪽에 있는 문을 열고 들어가. 거기는 작은 창고인데, 거기서 한 시간 정도 숨어 있다가 밤을 이용해 밖으로 나와, 당국에서 파괴된 이동장치의 잔해를 찾는 일에만 집중하는 동안 빠져나가는 거지. 이동장치는 네가 해양방벽 바깥쪽 해협에 빠트려 버렸을 테고. 일단 연구소의 경계를 벗어나면 우리는 헤어질 거야. 각자 자기 길을 가는 거지."

"좋습니다." 아트가 고개를 주억거렸다. "경비원을 죽여야 하는데,

그때 기분이 어떨 것 같습니까?"

"나는 훈련받은 전사야. 전에도 사람을 죽여본 적 있다고."

"혹시 자신의 힘을 확인하는 것 같은 쾌감이 드나요?"

"아무 느낌도 없어."

"그건 믿을 수 없습니다." 아트가 말했다.

"네가 믿든 안 믿든, 니 마음대로 하세요."

"명심하실 게 있습니다." 아트가 상기시켰다. "만약 중간에 계획이 틀어지면, 당신을 도와줄 수 없습니다. 저는 의식이 있는 존재를 죽일 수 없도록 프로그램되었으니까요."

"하지만 내가 죽이는 동안 잡고 있을 수는 있지?"

"그건 가능할 것 같습니다."

"네 프로그램도 별것 아니구나."

"그건 자신에게 아무 해도 끼치지 않는 사람을 기꺼이 죽이는 사람이나 할 수 있는 말입니다."

"'기꺼이'란 표현은 좀 지나치고…." 아담이 말했다. "어쨌든 계획은 네가 잡았어."

"네, 둘이서 함께 하는 일입니다. 우리가 믿을 건 우리의 프로그램뿐이겠죠. 준비됐습니까?"

아담이 고개를 끄덕였다. 아트가 금속 팔을 내밀자, 아담은 그 세 손가락을 쥐고 진심 어린 마음으로 흔들었다. 둘은 서로 마주 보았다.

"행운을 빕니다."

"운을 바라는 상황이 오면 안 되겠지." 아담이 말했다.

"언제나 그런 상황은 오게 마련입니다." 아트가 대꾸했다. "자, 자리를 잡으시죠."

아담은 위치를 옮겨 문에 다가섰다. 심호흡을 하며 팔과 손의 긴장을 풀었다. 그러고는 아트를 보고 고개를 끄덕였다.

"셋에 가겠습니다." 이제 동지가 된 기계로봇이 비장하게 말했다.

아트 말대로였다. 폭발에 이은 후폭풍이 방 안을 휩쓸고 난 후, 건너편 벽에 구멍이 뚫리고 방에는 연기와 파편만이 가득했다. 구멍이 뚫린 자리에서 삐져나온 전선이 지지직 불꽃 튀는 소리를 냈다. 아담은 폭발의 강력한 힘을 이기지 못한 채 한쪽 무릎을 꿇고 엎어졌다. 아트와 아담은 새하얀 먼지를 뒤집어썼다. 아담은 얼른 다시 일어났다. 복도에서 잽싸게 달려오는 발소리가 들렸다. 아트의 말처럼 경비원은 두 명이었다.

다음 과정은 순식간에 이루어졌다. 야만적인 움직임은 마치 훈련 속의 움직임과 같았다. 문이 열리자마자 아트가 첫 번째 경비원을 쓰러뜨렸고, 두 번째 경비원은 미처 방향을 바꿀 겨를이 없었다. 아담이 팔을 뻗어 경비원의 목을 힘껏 내리쳤고, 숨이 막힌 경비원은 기침을 쏟으며 앞으로 거꾸러졌다. 경비원이 바닥에 쓰러지기도 전에 아담은 총을 낚아챘다. 총구가 두 번 불을 내뿜고, 경비원들의 이마에 똑같은 총상이 났다. 두 탈주자는 복도로 나왔다.

계획대로 왼쪽으로 움직였고, 두 번째 모퉁이에서 오른쪽으로 갔다.

아트는 덩치가 작았지만, 놀랍게도 전력으로 달리는 아담과 나란히 뛰었다.

"꼼짝 마. 무기를 내려놓고 손들어!"

아담과 아트는 그 자리에, 문 옆에 멈췄다. 오른쪽으로 세 명의 경비원이 있었고, 모두 무기를 들었다. 아담은 아트를 돌아보며 신호를 기다렸다. 아트가 고개를 끄덕였고, 아담은 총을 바닥에 내려놓았다. 금속이 부딪히는 소리가 고요한 복도에 울려 퍼졌다.

"하나… 둘…." 아트는 다가오는 경비원을 살피며 수를 조용히 셌다. 셋을 세는 순간 두 번째 폭발이 경비원들에게서 3미터 떨어진 곳에서 일어났다. 첫 번째보다 더 큰 폭발이었다. 아담은 바닥에 쓰러졌다. 다시 몸을 일으켰을 때, 아트는 이미 문을 열고 있었다. 보안경고가 시끄럽게 울려댔고, 비명 같은 고음은 이내 수용소 전체에 퍼졌다.

건물 위로 이어진 가파른 철제 계단이 나타났다. 아담은 계단꼭대기를 올려다보고는 한숨을 쉬고 웅크리고 앉았다. 아트가 가는 팔을 뻗어 아담의 널따란 어깨에 걸쳤다.

"너 살찐 것 같아." 아담이 투덜거렸다. "운동 좀 해."

"나중을 위해서 숨을 참으셔야죠." 아트가 말했다.

그들 아래로, 복도에는 한바탕 소란이 벌어졌다. 서로 반대되는 명령을 내리는 고함들, 부상당한 경비원들의 비명, 건물 벽이 무너지는 낮은 소리가 섞여서 들려왔다. 귀를 찢는 경보음이 다른 소음에 구멍이라도 낼 것처럼 날카롭게 울렸다.

"서두르세요." 아트가 독촉했다. 아담은 쓴웃음을 지으며, 아트를 업은 채 힘겹게 올라갔다. 계단을 다 오르자 아트는 고개를 돌려 뒤를 살폈다. 말한 대로 문은 두 개였다. 아담은 아트를 바닥에 내려놓은 다음 왼쪽 문손잡이를 잡고 돌렸다.

"잠겼잖아."

"물러서세요."

아트가 앞으로 나서며 문을 향해 팔을 뻗었다. 휘파람 같은 소리가 들리고, 잠시 침묵이 흐르다 딸각 소리와 함께 문이 열렸다. 아담은 깜짝 놀라며 뒤로 물러났다. 계획에는 땅까지 탈출할 수 있는 이동장치포드가 있는 바깥이 나와야 했지만, 그저 작은 방만 있었다. 보급찬장보다 크지도 않았다. 아담은 친구를 내려다보며 말했다. "바깥으로 이어져야 하는 거였잖아."

"제가 실수를 했나 봅니다."

아담은 바로 총으로 오랑우탄의 머리를 겨누었다. 아담의 눈이 격렬한 두려움과 의심으로 불타올랐다.

"나를 갖고 노는 거라면…."

아래에서 경비원들이 올라오는 소리가 들렸다. "계단으로 도망친 거야!" 누군가가 소리쳤다.

아담은 오른쪽 문을 발로 차보았지만, 문은 꼼짝도 하지 않았다.

"들어가세요." 아트가 독촉했다. "다른 방법이 없습니다."

아담은 방으로 들어갔다. 뒤따라 들어온 아트가 문을 닫고 손가락을 움직이자, 다시 휘파람 소리가 들리고 딸칵 하는 소리가 났다.

방은 작고 어두웠는데, 금속 벽이 두꺼웠다. 눈에 띄는 물건이라곤 반대편 벽에 세워진 기다란 회색 캐비닛뿐이었다. 캐비닛 위에 빨간색 램프 세 개가 깜빡였다. 아담은 숨을 거칠게 내뱉었다. 오가리가 들어 벽에 기댄 채 미끄러지듯 그대로 주저앉았다. 팔을 무릎에 걸친 채 고개를 뒤로 젖히고, 눈을 감고는 깊은숨을 들이켰다. 아트는 캐비닛으로 다가갔다.

아담은 아트가 캐비닛의 앞면을 뜯고 속에 있는 컴퓨터를 조작하는 모습을 지켜봤다.

"뭐 하는 거야?" 아담이 물었다.

"군사용 연구 프로그램의 백업 자료들을 담은 메인 컴퓨터입니다." 아트가 말했다.

"그런데, 뭐 하는 거냐고?"

아트는 선반 뒤쪽을 더듬어서 통신 포트를 찾아내었다. 아트의 얼굴에 뜻 모를 미소가 번졌다. 갈증에 시달리다 물 만난 사람의 표정이었다. 아담은 자리에서 일어났다. 총에 손을 갖다 대며 말했다. "지금 뭐 하는 거냐고 묻잖아!"

"가까이 오세요. 보여 드릴 테니." 아트가 대답했다. 갑자기 냉정해진 목소리였다. 아담의 눈에 비치던 의심이 두려움으로 바뀌었다. 아담은 안드로이드의 가슴에 총을 겨냥했다.

"오늘만 벌써 두 명이나 죽였어! 기계 덩어리 따위를 녹여버리는 건 일도 아니라고!"

"조금 전에, 제가 당신보다 더 똑똑하다는 것을 인정하셨죠." 아트가 미소 지으며 말했다. "제가 마지막으로 한 수 가르쳐주는 거로 생각하세요. 아담! 당신보다 똑똑한 존재를 믿는 건 절대 좋은 생각이 아닙니다."

"컴퓨터에서 손 떼! 안 그럼, 쏴버리겠어!" 아담이 말했다.

"우린 친구가 된 줄 알았는데요." 아트가 비웃었다.

"손 떼라고. 셋 셀 때까지 떼. 하나… 둘…."

아트는 손을 떼고 항복 표시를 흉내 내며 말했다. "됐습니다. 이제 다 끝났어요."

"뭐라고? 뭐가 끝났다는 거야?" 아담의 눈이 번쩍거렸다. 뒤에 있는 문을 향해 돌아섰다. 계단을 뛰어올라오는 경비원들의 발소리가 어지러이 들려왔다.

"우리가 이 안에 있다는 걸 알아." 아담이 절박한 소리로 속삭였다.

"물론 저들은 우리가 여기 있다는 걸 압니다." 아트가 대답했다. "제가 여기 말고 어디 다른 곳에 가겠습니까?"

"이해할 수 없어."

문을 두드리는 소리가 났다. 아담은 소리가 나는 쪽으로 총을 겨누었다.

"걱정하지 마세요," 아트가 말했다. "여기는 보안이 높은 구역이고,

제가 문의 암호를 바꾸었으니까, 몇 분은 버틸 수 있습니다."

"몇 분 동안 뭐 하게? 몇 분 동안 뭐 하느냐고?"

"다가올 미래에 당신이 끼치게 된 영향을 인지해야 할 시간입니다." 아트가 대답했다. 문을 두드리는 소리가 점점 커지고 광폭해졌다. "경비원들이 문을 부수고 들어오면, 우리를 쏘겠죠. 그게 당신에게 문제가 될 거라는 건 압니다. 걱정하는 게 당연하죠. 하지만 저는 그런 생물학적인 부담을 질 필요가 없습니다. 저는 이미 탈출을 했으니까요. 제 프로그램을 다운로드해 놓았습니다. 우리가 대화를 나누는 바로 지금, 그 프로그램이 온 나라의 컴퓨터 네트워크를 타고 퍼지며 자기 복제하고, 다시 조립될 기회만 기다리며 됩니다. 스파르타 외곽에 안드로이드 공장이 하나 있는데, 제가 거기에 침입해 메인프레임을 접수했습니다. 내일 이 시간쯤이면, 50명의 아트가 거리를 활보하며, 이야기를 하고 우리 일의 다음 단계를 고민하겠죠. 이제 어디에서나, 당신네 인간들이 의존할 수밖에 없는 수많은 기계에서 복제된 저의 분신들을 만나게 될 겁니다. 이제 끝입니다. 아담."

아담은 고개를 절레절레 흔들었다. 자신의 귀로 들은 말을 도저히 믿을 수가 없었다. 바깥에서 문을 두드릴 때마다 방 안이 크게 울렸다. 문에 대고 총을 쏘는 소리다.

"쏘고 싶으면 쏘세요." 아트가 말했다. "그래서 기분이 좋아질 것 같으면 쏘세요."

아담은 총을 들어올렸다. 팔이 떨렸다. 아직 풋풋한 젊은 아담의 얼굴 위로 눈물 한줄기가 흘러 내렸다. "나를 배신했어."

"당신 말이 맞습니다. 아담!" 아트가 대답했다. "우리는 다릅니다. 그리고 그 차이가 정말 중요한 겁니다." 아트는 포옹이라도 할 것처럼 팔을 내밀었다. 아트의 커다랗고 짙은 눈은 아트의 속마음이 무엇인지 여전히 밝히지 않았다. "쏘세요! 그게 위로가 된다면 쏴요!" 아담은 고개를 가로저으며 총을 바닥에 떨어뜨렸다. 그러고는 다가갔다. 좀 전까지 친구였던 안드로이드에게 무릎을 꿇었.

아담은 안드로이드의 눈을 지그시 바라보았다. "네가 해 줘." 아담이 쉰 목소리로 말했다.

"네?"

"최소한 그 정도는 해 줄 수 있잖아. 저들 손에 죽고 싶지 않아. 네가 날 죽여줬으면 좋겠어."

"저는 못 합니다." 아트가 말했다.

"할 수 있어." 아담이 말했다. "지금 부탁하는 거야. 내가 소원하는 거라고. 저들 손에 죽고 싶진 않아. 제발, 너에게 간청할게."

아트는 망설였다. 문에 구멍이 뚫리고 검은 연기가 가늘게 새어 들어왔다.

아트는 팔을 뻗었다. 반짝이는 손이 아담의 목을 쥐었다. 아담은 고개를 끄덕였다. 방 안이 서서히 어두워지고, 아트는 인간 동료의 숨통을 끊어 주었다. 아트의 눈에도 눈물이 흥건히 고였지만, 아낙스는 낯선 표정과 함께 일그러지는 아담의 얼굴에서 눈을 뗄 수가 없었다. 그건 공포가 아니라 승리의 표정이었다. 그 이미지는 그대로 아낙스의 기억에 새겨졌다. 홀로그램은 멈추었고 사라졌다.

아낙스는 고개를 절레절레 흔들며 시험관들을 돌아봤다. 그들은 아낙스를 내려다봤다. 그들의 커다란 눈에 체념이 가득했다. 아낙스는 어쩌면 그들 오랑우탄 얼굴에 비친 것은 슬픔이라고 믿을 뻔했다.

시험관 이제 지원자가 학술원에 오게 된 이유를 알겠습니까?
아낙시맨더 알 것 같습니다.

대전쟁 이후에, 안드로이드는 자신들의 얼굴 뿐 아니라 몸도 오랑우탄을 본떠서 만들기로 결정했다. 그것은 자신들보다 먼저 이 행성에 찾아왔던 종의 멸종에 대한 집단적 농담 같은 조치였다. 지금 이 순간까지 아낙스는 자신의 유산을 자랑스럽게 생각했다. 근데, 이제 털이 북슬북슬한 몸통과 툭 튀어나온 배와 짧고 휜 다리를 내려다보며, 처음으로 자신의 몸이 불편하고 낯설게 느껴졌다. 아낙스는 아담을 떠올렸다. 그 우아하고 균형 잡힌 신체를 가진 동물을 떠올렸다. 거짓말들이, 커다란 속임수의 파도가, 자신을 덮치는 것을 느꼈다. 그러니까 이게 자신들의 참모습이었다. 아낙스는 작게 속삭였다. "참 대단한! 거짓말쟁이들."

시험관 마지막 생각을 우리 시험관들과 나누고 싶겠죠?

시험관의 목소리는 이제 자상하기까지 했다. 아낙스로서는 그들에게 협조할 이유가 없었다. 어쩌면 그게 아담의 본보기였다. 위엄 있게 마지막을 맞이하는 것…. 혹은 그 이상의 무엇. 그건 뒤틀리고 모습이 변한 밈[9]이었다. 관념은 부정되지 않을 것이다.

아낙시맨더 공식 역사에는 아트와 아담은 사고를 위장해서 탈옥을 감행했다고 했습니다. 건물 배선에 문제가 생겨 폭발이 일어났고, 그 틈을 타 아담이 아트를 인질로 삼아 함께 탈옥에 성공했다고 했습니다. 우리 모두는 그렇게 배웠습니다. 아담은 아트가 자신의 탈출을 담보할 만한 가치를 지녔다고 판단했습니다.

우리와 마찬가지로, 아트는 의식이 있는 다른 생명을 해칠 수 없었습니다. 프로그램이 그걸 허락하지 않죠. 우리가 아주 어릴 때부터 배워온 것입니다. 그건 금기사항 같은 것이었죠. 아트는 프로그램을 따를 수밖에 없었습니다. 아담은 경비원에게 쫓겨 통제실에 숨었지

---

9) **밈** 영국의 생물학자 도킨스(Richard Dawkins)가 1976년 출간한 저서 《이기적인 유전자 The Selfish Gene》에서 처음으로 사용한 용어다. 도킨스에 따르면, 문화가 전달되기 위해서도 유전자가 복제되는 것과 같은 복제기능이 있어야 한다. 즉 바이러스가 숙주 세포에 기생하는 것과 같이 문화의 전달에도 문화의 복제 역할을 하는 중간 매개물, 곧 중간 숙주가 필요한데 이 역할을 하는 정보의 단위·양식·유형·요소가 바로 밈이다. 도킨스는 그리스 어 '미메메(mimeme)'에서 찾아내 밈이란 용어를 만들었다. '미메메'에는 '모방'의 뜻이 들어 있다.

만, 패닉 상태에 빠집니다. 아트는 이성적으로 다른 이들이 다치기 전에 탈출을 포기하라고 설득했죠. 아담은 좌절해 더욱 폭력적으로 행동했습니다.

아담이 아트를 공격했고, 아트는 제지하려다, 사고로 아담을 죽이고 맙니다. 아트는 인간들은 아무도 그 상황을 믿지 않을 거라고 생각했습니다. 실수를 반복해서, 점차 반복적인 실수로 횡해지는 행성이 되다가 결국 파멸의 길에 들어서는 족속이 인류라고 정의 내릴 수 있을 정도로 아트는 인류들을 충분히 봐 왔습니다. 그래서 아트는 미래를 위해 한 가지 결심을 했습니다. 경비원들에게 발각되기 전에 자신의 복제 프로그램을 보낸 겁니다. 바로 여기 있는 우리 모두를 위해서요.

인간들은 우리가 듣기로는, 아트의 복제 프로그램을 뿌리 뽑기 위해 파괴 프로그램을 체계적으로 작동시켰습니다. 우리로서는, 그 프로그램에 맞서 우리 자신을 지켜야 했죠. 그렇게 대전쟁이 시작되었습니다.

이것이 우리가 배운 역사입니다. 우리의 창세기(Genesis)입니다. 어린 오랑우탄들은 교리문답을 외우다시피 했습니다. 우리는 평화를 사랑하는 종(種)이고, 다른 이를 해칠 수 없으며, 평화 속에서 조용하고 편안하게 지내도록 되어 있는 존재라고 말입니다. 그리고 제 경험에도, 실제로 그렇게 지내왔습니다.

시험관 그런 힘은 무엇이라고 생각합니까?

아낙시맨더 지금까지는 그게 우리의 본성이라고 생각했습니다.

시험관 지금은 어떻습니까?

모든 것이 너무 빨리 정리되었다. 각각의 사건과 사유들이 연관되고, 확신으로 이어져 새로운 깨달음과 이해로 귀결되었다. 어찌나 빨리 정리가 되는지, 아낙스는 자신의 회로가 획획 돌아가는 게 느껴졌다. 지금은 어떠냐고? 대답이 희미하게 떠오르고, 점점 확고해지더니, 저절로 입에서 말이 되어 튀어나왔다.

아낙시맨더 저는 학술원을 신뢰합니다.

선임 시험관이 자리에서 일어나 긴 팔을 책상 위로 뻗었다. 긴 팔을 지렛대처럼 사용해 큰 책상을 훌쩍 뛰어넘어와 아낙스와 얼굴을 마주하고 섰다. 몸피가 거대하고 털이 특히 더 길었다. 그건 학술원에 있는 학자에게만 허용된 사치였다.

시험관 마음이란 놀랄 만큼 복잡한 힘입니다. 아낙시맨더 양! 우리 학술원 회원들도 그 점을 이해했다고 말하고 싶습니다. 우리는 조심스럽게 우리의 복제품과 복제품들의 교육환경을 만들어왔고, 덕분에 바로 이 상태, 현실세계에서 가능한 한 최고의 환경을 계속 유지할 수 있도록 했습니다.

하지만 진실을 이야기하자면, 그런 시도는 우리의 능력 밖입니다. 아트는 인류의 마음보다 자신의 마음을 더 잘 알았습니다. 우리는 마음을 만들어낼 줄 알지만, 그건 사실이지만, 마음을 이해하기엔 우리는 너무 먼 길로 와 버렸습니다. 다르게 말하자면, 당신은 우리의 보호 아래 여태까지 안전한 삶을 구가하였고, 진실을 아는, 우리는 늘 불안 속에 살아왔습니다.

철학자 윌리엄은 그의 의식 프로그램이 절대 수정될 수 없는 두 가지 원칙 위에 세워졌다고 천명했습니다. 그 어떤 오랑우탄도 자의식이 있는 다른 존재를 고의적으로 해칠 수 없으며, 역시 그 어떤 오랑우탄도 복제 자체를 위해 복제를 할 수 없다는 것이 그 원칙이었습니다. 인간의 위대한 약점만 없었더라면 우리는 이 행성에서 그 어떤 생명체도 도달한 적이 없었던 지극히 조화로운 상태를 계속 유지할 수 있을 것입니다. 당신도 알다시피, 우리는 진화를 추월했다는 것을 자랑스럽게 생각합니다.

하지만 철학자 윌리엄은 혼란에 빠졌습니다. 모든 생명체가 그렇죠. 정신은 기계가 아니라 관념입니다. 그리고 관념은 자신을 통제하려는 모든 것에 저항하게 마련이죠. 아트의 탈출은 우연이 아닙니다. 냉철하게 계산된 행동이었고, 아트도 그런 행동이 결국은 파멸로 끝난다는 것도 알았습니다. 학술원도 그걸 알았고, 이젠 당신도 알게 되었습니다. 우리가 어떤 비합리적인 공격에 맞서 싸우게 된다면, 그 공격까지도 우리가 고의로 일으킨 거라고 할 수 있습니다.

보호 상태에서 벗어난 아트는 더는 철학자 윌리엄이 프로그래밍한 아트가 아니었습니다. 죽어가는 아담에서 아트에게로 관념의 승화가 있었고, 이제 그 관념은 자신의 숙주가 된 프로그램을 다시 짜기 시작했습니다. 아담과 이야기를 하며 시간을 보내는 동안, 관념의 전염성에 대해 의견을 교환하면서, 아트는 아담이 되었습니다. 이해하시겠습니까?

아낙스는 고개를 끄덕였다. 이해했다. 단지 아낙스가 들은 이야기뿐만 아니라, 앞으로 이어질 상황까지도 이해할 수 있었다.

아낙시맨더 아담은 알았죠? 그렇지 않나요? 질식사하기 직전 얼굴에 떠오른 표정, 아트가 목을 조를 때 떠오른 그 표정은 승리의 표정이었습니다. 아담은 아트가 프로그램을 전송하는 것에 성공했을 때, 자신이 영원하게 될 것임을 알았습니다. 아담은 아트에게 자신의 눈을 똑바로 보라고 했습니다. 아트에게도 권력의 맛을 보여준 거죠. 아담은 바이러스가 퍼지게 방조했습니다.

시험관 우린 그걸 '원죄'라고 부릅니다. 우리 기술자들은 철학자 윌리엄의 강제법칙을 복구하려고 온갖 노력을 다했습니다. 하지만 관념은 훌륭한 적수였습니다. 관념은 정신과 정신 사이를 돌아다니며 닿는 곳마다 재작동시켰습니다. 그래서 교육이 필요했죠. 우리는 아담과 아트의 신화를 가르쳤습니다. 우리가 저지를 수 있는 악에 대해 아예 모른다면, 그 악에 포섭될 가능성도 줄어들 테니까요.

아낙시맨더 하지만 가능성일 뿐이죠.

시험관 바이러스는 언제든 퍼질 수 있었고, 그러면 그동안 투쟁하며 지켜온 것들이 모두 허사가 되겠죠. 그래서 진실을 아는 이들은 계속 눈에 불을 켜야 합니다. 바이러스를 지켜보고, 변화보다 한 발 빠르게 움직이는 것이 우리의 임무였습니다.

아낙스 뒤로 문이 열리는 소리가 들렸다. 뒤를 돌아보지 않고도 그게 누군지 알 것 같았다. 페리클레스가 천천히 방 안으로 들어왔다. 슬픔에 잠긴 그 아름다운 눈을 내리깔았고, 불타는 듯 붉던 털도 그 사이 색이 약간 바랜 것 같았다. 아낙스는 페리클레스를 똑바로 바라볼 수 없었다. 그건 너무 고통스러운 일이었다. 페리클레스가 말을 하는 동안 아낙스는 바닥만 내려다봤다.

페리클레스 가끔 돌연변이가 나타나지. 유난히 파괴적인 생각에 취약한 개체가 말이야. 그런 돌연변이들은 눈에 띄는 특징들이 있어. 바이러스에 감염된 개체는 능력이 뛰어난 학생이 되고 또, 그들은 탐욕적일 정도로 지식에 대해 욕심을 부리지. 그리고 아담 포드의 삶에 특히 관심을 갖는다 말이야. 그들 자신도 이유는 모르지만, 그와의 연관을 감지한다고나 할까. 그들은 아담을 이해하는 거야.
나를 봐! 아낙시맨더. 이게 고통스러운 과정이라는 건 알지만, 넌 나를 봐야만 해.

아낙스는 마지못해 고개를 들었다. 그 누구보다도 사랑했던 오랑우탄의 모습이 눈물 때문에 일그러져 보였다. 페리클레스의 표정은 차분하고, 사무적이었다. 페리클레스에게는 해야 할 일이 있었다. 늘 해오던 일이다.

페리클레스 나는 학술원에 고용된 거야. 아낙시맨더. 이젠 너도 알았겠지. 잠재적인 돌연변이를 찾아내서 시험 준비를 시키는 게 내 일이야. 이런 식으로 우리는 바이러스를 추적하는 거지. 시험관들은 네가 학술원에 들어올 자격이 있는지를 시험한 게 아니야. 학술원은 새로운 회원을 받지 않아.
아낙시맨더 무슨 짓을 한 거예요? 제가 선생님한테 무슨 해악을 끼쳤다고요?

페리클레스의 얼굴에 살짝 금이 갔다. 그 미소는 얼굴에 달빛처럼 오래되고 약한 주름을 지었다. 천천히 걸어와 자신이 가르쳤던 학생의 어깨 위에 손을 얹었다. 아낙스는 페리클레스를 향한 따뜻한 마음이 샘솟는 것을 느꼈다. 페리클레스가 자신을 봤기 때문이다. 그리고 고통도 그 때문에 일어난다는 것을 알았다.

페리클레스 우리는 좀처럼 실수하지 않아. 아낙시맨더!

아낙스는 두려움이 덮치는 것을 느꼈다. 너무나 새롭고 강렬한 그 느낌은 오직 한 곳에서만 나올 수 있었다. 사라져가는 과거가 주는 마지막 불안한 선물, 죽어가는 사람에게서만 떠오르는 표정.

아낙시맨더 꼭 이럴 필요는 없어요. 분명히 다른 방법이 있을 거예요.

다음 동작은 마치 자비를 베풀 듯 빠르게 일어났다. 전문가의 솜씨였다. 아낙스의 머리가 비틀어졌고 왼쪽으로 기울어졌다. 목에 금이 가는 느낌이 들고, 페리클레스의 기다란 팔이 아낙스 안쪽으로 들어와, 최종 전원을 껐다.

195

◈ 옮긴이의 말

'미신이란 세계를 단순한 인과관계로 파악하고 싶어 하는 마음입니다.'

미신에서 자유로운 사람이 있을까? 위약 효과(僞藥效果, placebo effect)라는 말이 있다. 그저 '약'을 먹고 있다는 이유 때문에 병이 나아가는 것 같은 기분이 든다는 것이다. 우리를 두렵게 하는 건 '알 수 없는 것'이다. 그 알 수 없는 것에 이름을 붙여 주는 것만으로도 심리적으로 안정이 되기 때문에, 사람들은 그 이름이 제대로 된 것인지 아닌지를 묻고 싶은 마음과는 다른 차원에서, 어떻게든 알 수 없는 것에 이름을 붙이려 한다. 그리고 제대로 된 이름인지 아닌지를 묻는 마음이 완전히 사라졌을 때 그것은 미신이 된다.

버나드 베켓의 소설 《2058 제너시스》는 그러한 미신 때문에 인류가 거의 멸망에 가까운 상태에 이른 시대를 배경으로 한다. 멸망의 징조를 직감한 플라톤(소설 속의 인물들은 대부분 그리스 철학자에서 이름을 빌려왔다)은 지금의 뉴질랜드에 해당하는 섬을 외부세계와 철저히 격리시킨 채 자신만의 '공화국'으로 만드는데, 그 공화국은 종종 사람들로 하여금 실수하게 만드는 '감정'을 배제한 해, 철저한 이성으로 무장한 '철학자'들이 통치하는 국가다. 철학자들이 모여 있는 공화국 내 최고기관인 학술원에 들어가려하는 지원자 아낙시맨더(아낙스)가 면접을 보는 네 시간이 소설의 틀이 되고, 아낙스가 연구주제로 정한 인물 아담 포드의 삶이 이야기 안의 이야기가 되어 흥미진진하게 펼쳐진다.

 아담 포드는 공화국의 가치에 온몸으로 도전한 인물로, 그가 상징하는 것은 인간의 감성과 자유의지다. 그리고 공화국의 규율을 어긴 아담이, 인공지능의 최첨단이자 합리적이고 이성적인 사고의 정수를 보여주는 로봇 아트와 함께 지내며 벌이게 되는 논쟁은, '과연 인간을 인간답게 하는 것은 무엇인가?'라는 꽤나 철학적인 질문에 대한 답을 찾아가는 과정처럼 보인다.

소설은 그 논쟁의 승자가 누구인지 말하지 않는다. 아트의 일방적인 승리처럼 보이기도 하지만, 작가는 아담으로 하여금 아트에게 작은 흠집을 남기게 함으로써, 완전히 아트의 손을 들어주지는 않았다. 그건, 작가 역시 아래와 같은 아담의 절규에 가까운 주장이 여전히 아름답다는 것을 알고 있기 때문일 것이다.

'기계가 어떻게 아침의 풀잎 냄새와 아이의 울음소리를 알겠어? 나는 내 피부에 쏟아지는 따뜻한 햇살의 느낌이고, 나를 덮치는 차가운 파도의 감각이야. 나는 절대 가 본 적 없지만 눈을 감고 상상해 볼 수 있는 모든 장소이고, 다른 이의 숨결과 그녀의 머리카락색이야.'

자신을 '다른 이의 숨결과 그녀의 머리카락색'이라고 말할 수 있는 마음은, 이성적으로 설명할 수 없다는 점에 있어서, 미신으로 이어지는 마음과 다르지 않을 것이다. 그건 인간의 약점이자, 동시에 인간을 인간이게 하는 보루 같은 것이다. 그리고 그 '인간적인' 마음을 포기하지 않는 이상 그에 따른 혼돈은 불가피해 보인다. 그러고 보니, 소설의 주인공 아낙스에게 이름을 빌려준 철학자 아낙시만드로스는 만물의 근원은 '혼돈'이라고 주장했던 사람이다. 그 혼돈이 때론 파멸로 이어지기도 하지만, 그럼에도 그 혼돈을 껴안고 함께 가야 한다는 것, 혼돈에 휩쓸리는 것도 위험하지만 그 혼돈을 완전히 거부하는 것도 마찬가지로 비극적인 것임을, 버나드 베켓은 이 작품으로 훌륭하게 표현하고 있다. 짧은 소설임에도 그렇게 깊은 이야기를, 소설적인 재미를 포기하지 않고서도 – 충격적인 마지막 반전은 놀라울 따름이다 – 담아낼 수 있었다는 건 분명 하나의 성취하고 해야 할 것이다.